Cartas de amor desde Cuba

Una novela

De la autora de
Esperando en la calle Zapote,
ganador del premio *Latino Books Into Movies Award*, Categoría Serie de TV dramática

Betty Viamontes

Cartas de amor desde Cuba

Publicado en los Estados Unidos de América por

Zapote Street Books, LLC, Tampa, Florida

Portada del libro por Susana's Books LLC

Con excepción de los testimonios incluidos, este libro es una obra creativa de ficción. Cualquier parecido con lugares o eventos reales, o alguna persona, viva o muerta, es pura coincidencia.

ISBN: 978-1-955848-06-0

Impreso en los Estados Unidos de América

Testimonio

Para nuestros hijos y nietos:

Sólo les pedimos que se amen unos a los otros y a sus esposos o esposas con el mismo inmenso amor que nos unió a su padre (o abuelo) y a mí.
No importaron las piedras que encontramos en el camino, los obstáculos, las políticas injustas, los casi doce años de separación; aun así, permanecimos juntos hasta el final.
Este es nuestro legado a ustedes. El amor es el sentimiento más hermoso que existe en el mundo.

1964 - Nuestra boda

1997 - Año de la muerte de su padre (hasta que la muerte nos separó)

***

Esta carta fue escrita por Milagros Valdés, mi madre. La dejó para que sus hijos la descubrieran después de su muerte.

***

Las cartas son como gotitas de vida, fotografías de momentos que no volverán.

Les dedico este libro a—

Mi madre, por mostrarme que todo es posible.

Mi esposo y mi familia, que son mi fuente de inspiración perpetua.

Mis leales lectores, por leer mis libros y animarme a seguir escribiendo.

Capítulo 1

Paulo

Mientras conducía mi camioneta deportiva, un CRV del 2020 de color azul metálico, sentía el ácido revolverse dentro de mi estómago al pensar en el encuentro con mi prima, Marta, la noche anterior. Entre sorbos de vino y la degustación de un delicioso espagueti con salsa boloñesa y camarones, en el pintoresco restaurante italiano Casa Santo Stefano, ella me preguntó si —ahora que yo había terminado mi relación con Paulo— ella podía tratar de conquistarlo. No es que fuera la primera vez que mi prima lo intentara. La había visto dirigirle miradas seductoras durante las reuniones familiares. No me preocupé en aquel entonces, pero ahora sí.

Transcurría el mes de julio de 2021, en medio de una pandemia que había terminado con las vidas de más de 600.000 personas en los Estados Unidos. Vivíamos en un mundo de máscaras, distanciamiento social y divisiones que amenazaban con acabar la vida tal y como la conocíamos. Sin embargo, en este día, Marta ocupaba el centro de mis preocupaciones. Desfilaba con su atuendo frente a mis ojos: pitusa con estampado de leopardo, de tela elastizada, ajustado a su cuerpo de sirena, un pulóver negro y descotado que revelaba sus grandes senos, y altos tacones. Lucía sus largas uñas pintadas de rojo, y yo podía oler la dulce fragancia de su perfume mientras ella, incesantemente, hablaba sobre sus clientes del salón de belleza. ¿Por qué acepté salir con ella? Me estuve haciendo esa pregunta durante toda la noche.

Al final de la cena, cuando el camarero nos trajo la cuenta, la miró y la empujó suavemente hacia mí, permitiendo que una sonrisa pícara transformara su rostro. No dije nada y pagué la factura: ochenta dólares con la propina. Un fuerte golpe para mi presupuesto en estos tiempos inflacionarios. Pero aquí yo estaba, trayéndole comida a mi abuelo como lo hacía casi todos los domingos y permitiendo que mis inseguridades me dominaran.

Mi madre me decía que mi abuelo no necesitaba mi ayuda. Él recibía una pensión como retirado del puesto de oficial de seguridad, del hospital Tampa General en Tampa, Florida y otra, como veterano, herido en la guerra de Vietnam y, además, su casa estaba pagada. Le expliqué a mami que mi abuelo tenía un ingreso fijo. Si yo quería consentirlo, esa era mi elección. Sin embargo, no le dije que desde que yo tenía uso de memoria, había sentido una conexión especial con mi abuelo. Me sacaba a tomar helados y me enseñaba a defenderme. Cuando tenía doce años, me llevó a un campo de tiro, pero cuando mi madre se enteró, no permitió que me llevara más.

Para mi séptimo cumpleaños, mi abuelo me compró un oso pardo de tamaño mediano con un lazo azul que yo aún conservaba. No fue mi mejor regalo ese año, pero la felicidad reflejada en sus ojos cuando me vio desempacarlo me hizo entender que pocas personas me amarían como él.

Ahora yo tenía veinticuatro años, habían transcurrido dos años desde mi graduación de la Universidad del Sur de Florida, donde obtuve un título en negocios, y estaba más sola que nunca. Mis padres me habían criado como si estuviéramos en Cuba, con chaperonas y todo. Finalmente, después de mi graduación, me liberé y alquilé mi propio apartamento en la popular zona de *Hyde Park.* Era pequeño, pero accesible a tiendas y restaurantes.

Meses después de mudarme, cuando llegó la pandemia, la vida a mi alrededor se detuvo. De la noche a la mañana, las empresas cerraron sus puertas, la gente se retiró a sus casas y el teletrabajo se convirtió en la norma para muchas oficinas, incluyendo la mía.

Mi compañera de cuarto se mudó después de que venció el contrato de arrendamiento de un año. En aquel momento, Paulo me preguntó si, en lugar de renovar mi contrato, quería mudarme con él a su condominio en *Hyde Park.* Eso me hubiera ayudado a ahorrar dinero, sobre todo ahora que los alquileres estaban tan altos. El mío había aumentado más de un 10%, mucho más teniendo en cuenta que ahora no compartía mi apartamento con nadie. Sin embargo, si los dos nos hubiésemos mudado juntos, esto hubiese escalado la relación ya volátil con mis padres, por lo que no acepté su oferta.

Paulo

Paulo me había pedido que me casara con él el día después del Día de Acción de Gracias del 2020. Le dije que necesitaba más tiempo para preparar a mis padres.

En este último año, la vida a mi alrededor había vuelto un poco a la normalidad. Entonces, vino nuestra ruptura, a finales de junio de 2021.

Desde el inicio de la pandemia, las tensiones habían estallado en casa, y mi madre había dejado de ocultar su desaprobación a mi relación con Paulo. Ella viraba los ojos hacia arriba cuando él hablaba sobre su vida en Brasil, y durante nuestras últimas dos visitas, comenzó a mostrarle fotos de Mark y yo bailando juntos durante la celebración de mis quince. Podía ver a Paulo mirándome mientras mi madre seguía pasando las páginas del álbum lleno de fotografías. Los ojos de mi novio me rogaban que dijera algo. Sin embargo, me quedé callada.

Me di cuenta de que nada de lo que pudiera hacer o decir cambiaría la situación. Simplemente, él no cumplía con los estándares de mis padres. No era cubano, no era un profesional y no quería tener una familia.

Esas fueron las razones que utilicé para justificar la ruptura. Sin embargo, nunca nada es tan simple.

Llevábamos tres años juntos. Es cierto que era un inmigrante de Brasil y que no tenía educación universitaria, pero él era apasionado, trabajador y, como mi abuelo, estaba acostumbrado a las dificultades. Me impresionó que en solo unos pocos años después de su llegada a los Estados Unidos, hubiera logrado construir desde cero su propia compañía de gabinetes.

Entonces, ¿por qué me alejé de él? ¿Fue acaso por culpa de mis padres? Supe quién era Paulo desde el principio. ¿De repente creí que no era lo suficientemente bueno para mí? ¿Cómo podría pensar que no valía la pena luchar por alguien con la ética de trabajo, la determinación y la dulzura de mi abuelo? Tal vez si hubiera vivido una fracción de la dura vida de mi abuelo, todo hubiese sido diferente.

No quería comportarme como la típica princesa cubana cuyos padres le habían dado tanto que había perdido el contacto con la realidad. No era que yo fuera cubana. Al igual que mi madre, había nacido en Tampa. Mi padre vino de Cuba durante el éxodo del Mariel en 1980, después de ser parte de los miles de hombres, mujeres y niños que inundaron la Embajada del Perú en La Habana para solicitar asilo político. Estaba agradecida con mis padres por querer que mi vida fuese mejor que la de ellos y por darme tanto.

Mi fiesta de quince, celebrada en el restaurante Columbia en *Ybor City*, me hizo sentir como si estuviera en la cima del mundo: bailarinas españolas, paella y diez chicas que parecían damas de honor con vestidos largos y vaporosos de color melocotón, bailando con muchachos vestidos de esmoquin, y yo en el centro, con un traje blanco que hubiese parecido un vestido de novia si no hubiera sido por mis guantes rojos. Esa noche, bailé con Mark, un muchacho cubano, alguien a quien mis padres aprobaban. Las parejas bailaban mientras que el *DJ* tocaba viejas canciones cubanas y un vals.

Complacíamos a nuestros invitados con coreografías bien ejecutadas, aparentando ser aristócratas del pasado de Cuba.

Ybor City tenía un significado especial para mí. El barrio histórico, localizado al noreste del centro de Tampa, Florida, había poseído el único pedacito de Cuba en los Estados Unidos desde el 1956, cuando un pequeño parque, conocido como el Parque José Martí —ubicado en la 8ª Avenida— fue donado por la ciudad de Tampa a la isla. Una tarja en el parque indicaba cómo, en 1893, Paulina Pedrosa, una residente de la zona, le había ofrecido refugio a José Martí, poeta, patriota y *Apóstol de la Libertad de Cuba,* quien en ese entonces estaba amenazado de muerte.

El celebrar mi fiesta en esta histórica ciudad con estrechos vínculos con Cuba me hizo sentir conectada a la tierra de mi padre y de mi abuelo.

Mis padres me dieron una educación católica, en una escuela privada, un armario lleno de vestidos y zapatos bonitos y grandes reuniones familiares, que después de llegar a mi adolescencia se hicieron mucho menos frecuentes, ya que los niños crecieron y se mudaron a otras ciudades en busca del trabajo perfecto. Poco a poco, nuestra gran familia cubana se mezcló tanto que ya casi no existía. Incluso algunas de mis primas se casaron con hombres anglosajones y tenían hijos estadounidenses con poca o ninguna conexión a nuestras raíces cubanas. Tal vez por eso, mis padres querían que me casara con un cubano.

No sabían que sin importar con quién me casara, nunca dejaría que esas raíces desaparecieran de mi vida. Pudiera ser que no le hubiese dejado esto lo suficientemente claro a mis padres durante mi noviazgo con Paulo.

Habían pasado dos semanas desde nuestra ruptura, y no podía acostumbrarme a la idea de estar sola. Seguí preguntándome: ¿por qué lo hice? Esa pregunta me perseguía. Probablemente, estaba cansada de escuchar a mis padres preguntarle a Paulo cuándo planeaba ir a la universidad y escuchar cómo lo acribillaban a preguntas sobre su pasado y el envolvimiento de su hermano con pandillas callejeras. Seguramente, fue mi incapacidad de decirles a mis padres:

—Esta es mi vida.

O quizás, la pandemia había hecho que me diera cuenta de la naturaleza temporal de mi existencia y que no debía conformarme. Posiblemente, fueron todas estas razones.

No me importaba que Paulo no fuera cubano, o que no hubiese ido a la universidad, pero no podía imaginarme sin una familia. Ese fue el factor decisivo. Desde que nos conocimos, yo sabía que no quería tener hijos. Al principio, no me molestaba. Luego, en los últimos meses, con tanta muerte sucediendo a mi alrededor, el pensar en mi propia mortalidad me hizo darme cuenta de muchas cosas. ¿Quién iba a contar las historias de mis abuelos y de mis padres el día que ya no estuviese en esta tierra?

Me había enamorado de Paulo desde el primer día en que lo vi en la iglesia *St. Lawrence*. Uno de sus amigos cubanos, le sugirió que asistiera al servicio para poder conocer a una buena muchacha cubana. Fue amor a primera vista. Cuando vi sus ojos verdes y su tez del color del café con leche, fruto de la mezcla de sus herencias francesas e indias, no tuve ojos para nadie más. Durante el sermón, seguíamos mirándonos y sonriéndonos el uno al otro. Mi madre se dio cuenta y me dio unas palmaditas en la mano un par de veces, y me miró en varias ocasiones, abriéndome mucho sus ojos. Pero ella no pudo contener los sentimientos desatados dentro de mí.

Paulo había crecido en una favela a las afueras de Río de Janeiro. Nunca pensó que saldría de la pobreza. Entonces, un día, mientras se alejaba de su barrio, vio a un grupo de hombres jugando fútbol, y descubrió una pelota dentro de los arbustos cercanos. Tenía ocho años entonces. Recordaba vívidamente ese día. Era la primera pelota que había tenido, y se sintió muy feliz cuando se fue a casa con ella y se la mostró a su madre. Uno de los niños mayores de la favela comenzó a enseñarle a jugar. Paulo practicó día y noche durante años, hasta que un cazatalentos lo descubrió cuando tenía catorce años; tres años después de la muerte de su hermano mayor, quien había sido víctima de la violencia entre pandillas callejeras. Decidió entonces que no quería traer a un niño al mundo para experimentar esta vida.

Paulo se mudó a Europa después de que se le otorgara un contrato para jugar en el ala derecha para *Lille* en Francia. Anotó diecisiete goles con siete asistencias en más de cien apariciones y comenzó a recibir más atención de los cazatalentos en los Estados Unidos. Finalmente, Paulo se mudó a Atlanta, luego de que su contrato fuera comprado por *Atlanta United FC*.

Una lesión deportiva terminó con su carrera cuando apenas tenía veintidós años, pero con sus ahorros, se mudó a Miami, contrató a un grupo de inmigrantes brasileños y cubanos, y comenzó un pequeño negocio que creció lentamente. Había contratado un abogado de inmigración, con la intención de traer a sus padres a los Estados Unidos, cuando llegó la pandemia.

Pero ahora Paulo era parte de mi pasado.

Capítulo 2

Las cartas

Era una tarde dominical calurosa y húmeda, como solían ser la mayoría de las tardes de verano en Tampa, Florida. Yo había llegado a la casa de mi abuelo dos horas antes de lo que acostumbraba, pero no lo llamé para avisarle. Era el 11 de julio de 2021.Después de estacionar mi *CRV* frente a la pequeña casa de color *beige*, localizada en la calle *La Salle*, caminé hacia el portal. Podía oler el aroma de la hierba recién cortada. Macizos de flores púrpuras y amarillas adornaban ambos lados del estrecho camino de concreto, y los sonidos del tráfico de la carretera cercana cancelaban el retumbe de mis tacones.

¡Qué terco es!, pensé y sacudí la cabeza, mientras reposicionaba las dos bolsas de plástico que llevaba. ¿Cuántas veces le había pedido que no cortara el césped? Ofrecí pagarle al chico que vivía al frente para que lo hiciera. Pero no. No me lo permitió.

Para no asustarlo, toqué a la puerta de color azul oscuro antes de sacar mi propia llave de mi pequeño bolso, pero no contestó, por lo que abrí la puerta y anuncié: —Abuelo, estoy aquí. Te traje comida.

Las cartas

La casa no había cambiado mucho en veinte años: una pared llena de fotos familiares, y frente a ésta, fotos de Cuba. La televisión estaba apagada cuando pasé por la sala de camino al comedor. Fue allí donde lo encontré, sentado junto a la mesa, con cartas esparcidas por doquier. Me miró y se ajustó los espejuelos.

—¿Y tú qué haces aquí? ¡Me asustaste!

—¿No me escuchaste entrar?

—Debo haber estado distraído. ¿Qué hay en las bolsas?

—Te traje comida del restaurante Arco Iris: picadillo, frijoles negros con arroz y tu postre favorito.

—¿Flan?

—Lo adivinaste.

—Bueno, ponlo encima de la meseta de la cocina y déjame guardar estas viejas cartas.

—¿De quién son? ¿De abuela?

Hizo un gesto negativo con la cabeza.

—No es nada de importancia. Las debería haber botado.

—Si no son de abuela, ¿de quién son? ¿De Nana?

Asintió e inhaló profundamente.

—Pues... ¿Puedo leerlas? —pregunté, juntando mis manos dos veces en ligeras palmadas. Arqueó las cejas y me miró.

—¿Por qué tienes tanto interés en leerlas?

—No hay una razón específica. Si fueron lo suficientemente importantes para que las guardaras todos estos años, estoy muy interesada.

Mi abuelo agitó la mano hacia atrás.

—No. Las voy a guardar de nuevo en esta caja.

Comenzó a recogerlas con sus manos artríticas y acomodó unas cuantas a la vez dentro de una caja de zapatos.

—Déjame ayudarte —dije y dejé la comida en una sección vacía de la mesa.

—Mejor lleva la comida a la cocina.

Lo ignoré y comencé a examinar una de las cartas.

—Esta está fechada el 15 de noviembre de 1968.

—Sí, es la primera que me envió. Faltan algunas de las cartas que nos enviamos, pero logramos salvar algunas.

—Ésta tiene más de cincuenta años —dije con asombro—. ¡Por favor, abuelo! Déjame leerlas. Me llevaré la caja a casa, y te la devolveré cuando termine. Te lo prometo.

—No pararás hasta que me dé por vencido, ¿verdad? Eres como tu madre.

—Y ella es como tú. Quiero saber sobre tu pasado. Siempre eres tan reservado, y mi mamá no me dice mucho de tu vida.

—No hablo mucho de mí. Ella sabe que salí de Cuba con mis padres en 1968, cuando tenía veintiséis años. También le hablé de Cuba, antes de Castro. El resto es mejor dejarlo en paz. Y bueno, ¿quieres un poco de café cubano? Acabo de hacer un poco.

—No, gracias abuelo. Si tomo café ahora, no podré dormir.

Movió la cabeza de un lado al otro un par de veces.

—¿Qué clase de cubana eres tú?

—Una que te quiere mucho y quiere saber más sobre ti —le dije—. Entonces, estamos de acuerdo. Leeré tus cartas. Y prométeme que, si alguna vez las vas a botar, me las darás. Las guardaré.

Permaneció en silencio, y me permitió ayudarlo. Mientras terminábamos de guardarlas, le dije: —Me sorprende que no estés viendo las noticias. Las cosas se están calentando en Cuba.

—¿Qué quieres decir?

—Mucha gente en la isla está saliendo a las calles exigiendo libertad. Ya no tienen miedo, abuelo. Está en *YouTube.*

—¿*YouTube*? ¿Qué es eso?

Me reí.

—Es parecido a un canal, pero dentro de *YouTube* puedes escoger qué videos quieras ver. Hay de todo, no solo de Cuba.

Se encogió de hombros.

—Déjame enseñarte. Tienes un *smart tv* y *Wi-Fi.* Eso es todo lo que necesitas para verlo.

—Estás hablando en otro idioma. Todo lo que sé es que necesito poder ver mis canales regulares después de que te vayas.

—Lo cambiaré. Mamá dijo que nunca había visto algo así desde el triunfo de la revolución en 1959. Papá me explicó que la gente siempre ha tenido miedo de hablar en contra del gobierno por temor a las represalias. Mamá piensa que este es el comienzo de un cambio positivo dentro de Cuba.

Mi abuelo Rolando se encogió de hombros e inhaló profundamente.

—A tu mamá le encanta soñar. No va a cambiar nada. Han pasado sesenta y dos años, y sé que moriré sin ver una Cuba libre. Tengo que aceptarlo.

—No seas tan pesimista, abuelo. Me parece que están más cerca que nunca de alcanzar la libertad. Cuando vi esos videos, ¡había tanta esperanza en sus expresiones!

—Piénsalo —respondió—. ¿Quién tiene las armas? ¿Quién tiene el poder? ¿Quién lo controla todo? El gobierno. Por eso no pasará nada.

—Prefiero seguir siendo optimista. De todos modos, veamos las protestas en la televisión, para que veas a lo que me refiero.

Fui a la cocina para colocar la comida en el refrigerador. Regresé a la sala y tomé el control remoto de la mesa de centro. Entonces, me senté en el sofá al lado de mi abuelo y busqué en *YouTube* uno de los videos que había visto antes. En el primero que subí, vimos a cientos de personas que habían inundado las calles con consignas de “Patria y vida” y pidiendo libertad.

Las condiciones dentro de Cuba no habían mejorado después de la muerte de Fidel Castro en 2016. Este había dejado el país en manos de su hermano Raúl Castro. En abril del 2021, Raúl renunció, pero dejó la isla en una grave crisis económica. En el 2020, el primer año de la pandemia, la economía se había contraído un 11%, aumentado la escasez de todos los artículos de necesidades básicas.

Una vez retirado Raúl, Miguel Díaz-Canel, quien había sido presidente de Cuba desde 2019, consolidó su poder sobre el país, asumiendo el rol de secretario del Partido Comunista.

En julio, tras el colapso del sistema de salud, la gente rompió el silencio. Ya no tenían miedo de salir a protestar. Sin embargo, pronto, Díaz-Canel le demostraría al pueblo de Cuba hasta dónde estaba dispuesto a llegar para mantener el poder.

Mientras mi abuelo y yo mirábamos a la gente desfilar por las calles, le dije: —¿Ves lo que te digo?

Mi abuelo sonrió amargamente y me dio unas palmaditas en el hombro.

—Si solo hubieras vivido una fracción de lo que Maylin y yo vivimos... Desgraciadamente, ella se quedó en Cuba mucho más tiempo que yo.

Lo miré con curiosidad.

—Nunca has hablado de su pasado.

—Lo sé.

La unidad central del acondicionador de aire se encendió, y mi abuelo se frotó sus brazos peludos con las manos.

Permanecimos en silencio por un tiempo, mirando a la gente protestando en las calles de La Habana y en otras partes de la isla, a través de videos caseros de *YouTube.* Después de un tiempo, parecía inquieto.

—¿Puedes cambiar el canal? —preguntó.

—Lo haré, pero más tarde, busca tu tableta para que te actualices. Estoy segura de que tus amigos de *Facebook* compartirán más imágenes del interior de la isla.

—Pertenezco a un par de grupos. Me da algo que hacer, así que le echaré un vistazo.

No pensé que lo haría. Me di cuenta de que solo estaba tratando de que yo no siguiera hablando del tema de Cuba.

—¿Dónde está tía Rita? —pregunté, cambiando el canal adonde lo tenía mi abuelo cuando encendí la televisión. Luego lo apagué.

—Ella fue a la tienda y me alegro. Yo necesitaba un poco de paz y tranquilidad.

—Sabes que adoras a tu hermana.

—¡No puede quedarse callada por un momento! Necesito el silencio. Luego, se enoja cuando le digo que deje de contarme historias sobre sus amigas. ¿Quieres saber lo último?

—¿Qué hizo ahora?

—¡Quiere que salga con una de sus amigas! Ella sabe que aún no ha pasado un año desde que mi esposa murió. Además, ¿quién querría salir con alguien como yo, viejo y gruñón?

—¡No digas eso abuelo! Cualquier mujer debe considerarse dichosa de salir con un caballero tan guapo. ¡Mírate! Todavía tienes tu cabellera, tu rostro siempre está afeitado y tu bigote perfectamente recortado. Y cuando usas esas camisas de guayabera, señoras, ¡cuidado!

—Ahora te estás riendo de mí.

—Nunca haría eso, mi gordito.

—¡Ahora me estás llamando gordo!

—No es cierto. Utilicé la forma diminuta. Los hombres se ven más interesantes cuando tienen un poco de carne en sus huesos.

—No hables más de mí. Y dime, ¿cuándo te vas a casar? Ya tienes veinticuatro años.

—No tengo novio, abuelo. ¿Recuerdas? Rompí con Paulo. Además, no tengo prisa.

—¿Qué esperas? ¿A que yo me muera antes de que decidas darme bisnietos?

—Solo han pasado un par de semanas desde que nos separamos. Además, es difícil salir en medio de la pandemia.

—Probablemente tengas razón. Al menos, estás vacunada, por lo que es un poco más seguro estar fuera de casa.

—Sí, pero hay muchas infecciones por ahí. Tengo un poco de miedo porque no quiero traerte este virus a casa.

—¡Tengo unas ganas que se acabe esta pandemia! Así la vida podrá volver a la normalidad

Mi abuelo inhaló profundo.

—Estoy de acuerdo. Bueno abuelo, ya me voy. Dile a tía Rita que pasé por aquí. Déjale la mitad de tu flan. Debes tener cuidado con tu azúcar.

—Lo voy a pensar.

Le di a mi abuelo un beso en la mejilla, agarré la caja de cartas y me fui.

Capítulo 3

15 de noviembre de 1968

Mis vacaciones de verano estaban a punto de comenzar, y no había leído las cartas. Quería encontrar el momento y lugar propicios, y la playa me parecía perfecta. Cualquier otro año, habría viajado a Miami o a otro estado, pero con la pandemia de COVID-19 en pleno apogeo, decidí quedarme cerca de casa.

Mis padres estaban de vacaciones en St. Augustine, así que mi mejor amiga, Maggie, y yo alquilamos una habitación en el hotel *Opal's Sand Resort* en la playa de *Clearwater* que tenía un balcón con vistas al mar.

Maggie y yo nos conocimos en la Universidad del Sur de Florida, en el curso de Contabilidad. Es una buena oyente, pero muy crítica con su apariencia. Le repetía que no había nada de malo con tener unas libras de más.

—Dices eso porque eres delgada —me decía.

No podía convencerla de que dejara de preocuparse por cómo la percibían los demás.

Antes de irme de vacaciones, ella vino una noche a visitarme.

—¡Estoy ansiosa de que leas esas cartas y me cuentes todo lo que dicen! —dijo cuando le hablé de la visita a casa de mi abuelo—. ¡El poder experimentar un momento único en el tiempo, uno que jamás se repetirá, es tan emocionante!

Su sonrisa expuso sus dientes muy blancos. Yo también estaba ansiosa por leerlas y, sin embargo, me sentía como una intrusa.

Mientras me preparaba para mis vacaciones, organicé las cartas por fecha y a la vez pensaba en los secretos que descubriría. Noté una brecha de varios años en las fechas. Tal vez, mi abuelo tenía en casa las cartas que faltaban. Decidí leerlas hasta la última fecha antes de la brecha.

Mi prima Marta me llamó mientras yo ordenaba las cartas. Mi madre le había contado sobre mis vacaciones y me preguntó si podía ir a visitarme por un par de días.

—Lo siento —le dije—. Si yo hubiera pagado por el hotel, te invitaría, pero mi amiga pagó por toda la estadía.

Tuve que mentir. Mi madre siempre me había enseñado que la familia lo era todo, y me sentía culpable, pero necesitaba tiempo para relajarme y analizar mi situación.

Maggie y yo nos registramos en el hotel alrededor de las 2 p.m. Después de desempacar, ella se quedó dentro de la habitación, estudiando para el examen de Contabilidad Pública Certificada. Yo salí al balcón con la caja de cartas y una copa de vino *Pinot Grigio.* Coloqué la copa sobre una pequeña mesa al lado de mi silla, abrí la caja y saqué la más antigua. Todas se habían vuelto amarillas con el paso del tiempo, pero la letra cursiva en tinta azul en ésta, prolija y elegante, era fácil de leer, tan diferente a mis garabatos crípticos que a veces, ni siquiera yo podía descifrar. Cerré la caja, me recliné y comencé a leer mientras la brisa del océano inundaba mis sentidos:

15 de noviembre de 1968

Querido Rolando,

¡Estoy tan emocionada! Según las estimaciones de mamá, estaremos en los Estados Unidos para la Navidad. ¡Estoy ansiosa de estar allí contigo!

Ella me cuenta que hay dos vuelos que van de Miami a la ciudad costera de Varadero (Cuba) dos veces al día, y que desde allí es mucho menos peligroso que salir por el Puerto de Camarioca.

Yo tenía dieciocho años en el 1965 cuando el éxodo del puerto de Camarioca. ¿Lo recuerdas? Mamá entonces dijo que no era seguro salir en bote, así que esperamos. De alguna manera, me alegré porque nos conocimos ese año en la casa de Maritza en la celebración de su decimoctavo cumpleaños. No podía creer que, viviendo en el mismo barrio, a solo unas cuadras de distancia, nunca te hubiera notado.

No sé por qué mamá piensa que un avión es menos peligroso que un barco. Le tengo un poco de miedo a volar.

Me alegra que pronto nos iremos, pero mi hermano Raúl no podrá acompañarnos. Está en edad militar. Pasarán unos cuantos años antes de que se pueda ir. Sabes cómo funciona eso porque tú también tuviste que esperar. Mis padres querían quedarse por él, pero mi tía los convenció de que se fueran. Ella, que también tiene a su único hijo en edad militar, cuidará de mi hermano.

Te extraño.

Cada rincón de la calle Zapote me recuerda a ti; desde el estrecho pasillo entre tu casa y el edificio de apartamentos de al lado donde nos besábamos cuando nadie nos veía hasta el Parque Santos Suárez donde nos sentábamos en un banco tomados de la mano para ver los árboles de flores anaranjadas.

Tu casa ya no está vacía. No me gusta pasar y ver a extraños sentados en el portal. Tengo entendido que en ella viven revolucionarios, una pareja y sus dos hijos, uno de diez y otro de doce. No les prestan mucha atención a esos niños. Los veo a menudo en las esquinas machacando con rocas las almendras que caen de un árbol, sin camisa, incluso ahora que el calor del verano se ha ido y los días más fríos han regresado.

Querría contarte más, pero le prometí a mi madre que limpiaría la casa. Trato de ayudarla lo más posible. Cuando escribas, háblame de Miami. Estoy ansiosa de verte. Sueño contigo, con nosotros, casi todas las noches.

Te veré pronto, mi amor.

Abrazos y besos,

Maylin

Capítulo 4

15 de enero de 1969

Querida Maylin,

Acabo de recibir la carta que me enviaste en noviembre. ¡El correo está tardando tanto! Esperaba que ya estuvieras aquí, pero supe por mis padres que los tuyos decidieron quedarse porque no podían dejar a tu hermano atrás. Entiendo su posición, pero ¿qué pasará ahora con nosotros?

Pienso en ti todos los días, especialmente cuando veo a una pareja caminando tomados de la mano. Debes saber que estoy dispuesto a esperar el tiempo que sea necesario. Me debo a ti, a esa sonrisa brillante como el sol y a tus ojos oscuros que me mantienen despierto de madrugada.

Me pediste que te hablara de Miami. Pues, te diré que me mantengo ocupado. El tiempo pasa más rápido de esa manera.

Asisto a la universidad por la noche y trabajo en el negocio de muebles de mi tío durante el día. Si ahorro suficiente dinero, algún día podré comprar mi propia casita para nosotros dos.

La vida aquí es muy diferente a la de Cuba, a pesar de que mi familia trata de rodearse de cubanos, como nosotros, para tratar de sentirse como en La Habana.

15 de enero de 1969

Estoy tratando de acostumbrarme a un nuevo idioma y a una forma diferente de vida. Veo muchos "hippies" en la televisión y en la universidad. Noto que las muchachas de ese grupo tratan de conquistar a los hombres en vez de dejar que ellos den el primer paso. Son más directas y libertinas. Pero no *tienes por qué preocuparte.*

Y cambiando de tema, ya sabes lo mucho que me gusta la música norteamericana. Bueno, del 28 al 30 de diciembre, el parque "Gulfstream", a las afueras de Miami, fue la sede del "Miami Pop Festival". ¡Vinieron más de 100.000 personas! Algunos de mis amigos de la universidad fueron y me contaron lo bien que la pasaron.

¿Te lo imaginas?

¿Los "Grateful Dead", Chuck Berry y Marvin Gaye? Ojalá hubiera podido estar allí, pero hay cosas más importantes que tengo que hacer, como ahorrar dinero para nosotros, para la pequeña familia que tendremos algún día.

Ya me la imagino: dos niñas con el pelo largo y negro y la piel clara como tú, y un niño al que le guste la música y los deportes como a mí. La familia perfecta. Ese es mi sueño.

Como sabes, mis padres tuvieron dos hijos, pero mi hermano mayor murió de difteria cuando yo tenía cinco años. Mis padres nunca fueron los mismos, haciéndome sentir a veces como si cuando perdimos a mi hermano, también *perdí parte de mis padres. Mi madre pasaba horas mirando fotos de mi hermano y llorando, y mi padre se escondía en sus pensamientos. Parecía entumecido.*

15 de enero de 1969

Sentirme tan solo me hizo fuerte. A la vez, me hizo desear tener una familia grande. Con suerte, algún día podremos hacer realidad este sueño.

Sigue escribiéndome y no pierdas la fe. De alguna manera, nosotros volveremos a estar juntos pronto.

Hasta la próxima, mi hermosa muñeca.

Amor siempre,

Rolando

Lena respiró hondo después de leer esta carta y se puso pensativa. *¿A su abuelo le gustaba la música rock?* Consultó su *iPhone*. Mientras leía la carta, un mensaje de texto de Paulo había llegado.

—Necesitamos hablar —dijo.

Pensó en responder. En cambio, apagó su teléfono y tomó otro sorbo de vino. Estaba lista para la siguiente carta.

Capítulo 5

15 de septiembre de 1969

Querida Maylin,

Te envié tres cartas, pero no he recibido respuesta. En las dos últimas no tenía mucho que decirte. Todavía estoy ahorrando dinero. Necesito vivir con mis padres, por ahora, para ayudarlos financieramente. Dentro de unos meses, tal vez puedan dejar de alquilar y dar la entrada para una casita. Yo también pienso seguir ahorrando dinero para comprarnos una cuando llegues.

Me dice mi tío que, en los Estados Unidos, si quieres salir adelante, debes comprar una propiedad, en vez de alquilar. De lo contrario, es como botar dinero a la basura. Lo que me dice tiene sentido.

Claro que uno puede planear y planear, y a veces, la vida te cambia los planes, como lo que me acaba de suceder. Me tomé un descanso de la universidad para ahorrar dinero más rápido y fui reclutado por el ejército de los Estados Unidos. Lo más probable es que termine en Vietnam. Muchos de mis amigos están en contra de esa guerra, pero ¿qué tipo de persona yo sería si quemara mi tarjeta de reclutamiento como muchos muchachos están haciendo?

He leído mucho sobre lo que está sucediendo. En 1965, el presidente Lyndon Johnson dijo que no le quedaba otra alternativa que enviar hombres a Vietnam porque Vietnam del Norte y la China comunista quieren apoderarse de Vietnam del Sur. Eso es lo último que los Estados Unidos y el mundo necesitan.

Sabes bien lo que el comunismo le puede hacer a un país, y mejor no digo más al respecto para no comprometerte. Sé que algunas cartas de los Estados Unidos se leen en Cuba antes de que lleguen a su destino. En cuanto a esta guerra, creo que estoy moralmente obligado a ir. Mamá teme por mi vida y le ora diariamente a la Virgencita de la Caridad. Le digo que no se preocupe.

Por ahora, no le veo un final cercano a esta guerra. Tal vez cuando termine, ya estarás aquí. Por favor, sigue enviándome cartas. Las necesitaré más que nunca. Envíaselas a mi mamá, y ella encontrará una manera de hacérmelas llegar.

Te quiero muchísimo.

Muchos abrazos y besos.

Rolando

Capítulo 6

4 de enero de 1970

Adorado Rolando,

Cuando recibí tu carta donde me explicaste que era probable que te llevaran a Vietnam, se me hizo un nudo en la garganta. No puedo imaginarte al otro lado del mundo en una confrontación que no tiene nada que ver personalmente contigo, pero entiendo tu sentido del deber con tu nuevo país.

Probablemente, cuando te llegue esta carta, ya estarás en Vietnam. Por favor, ten mucho cuidado. Piensa en esa familia que quieres tener conmigo algún día y mantente vivo para todos nosotros.

Sobre Cuba, te informo que muchos de nuestros vecinos y muchachas con las que crecí se han ido, y nuevas personas se están mudando a sus casas, hasta una mujer rusa que está casada con un cubano. No sé por qué alguien querría mudarse para aquí. La vida no es como era antes. Las raciones de arroz, frijoles, carnes y otros alimentos básicos que podemos comprar en la tienda de comestibles se hacen cada vez más pequeñas. A veces, la carne de res no viene. A veces, para el desayuno, me tomo un poco de agua con azúcar y un pedazo de pan. Frecuentemente, también mami nos hace potaje de chícharos. Estoy harta de comerlos, pero por alguna razón, los chícharos no escasean.

4 de enero de 1970

En cuanto a las razones por las que no te había escrito, te digo que he estado un poco deprimida con tantas cosas que están pasando.

En septiembre, al comienzo del año escolar, mi hermana menor, Elisa, fue llevada a trabajar al campo. Solo tiene trece años, y Mamá estaba muy preocupada por ella, ya que debe trabajar allí por varias semanas, sin posibilidad de ir a casa. Ella dice que las niñas de esa edad no deberían estar trabajando como agricultoras, arrancando hierba mala de las plantaciones de tomate ni recogiendo quimbombó y café.

Dice que a las niñas se les debe permitir disfrutar su infancia, ya que la vida es suficientemente difícil. Mamá rezaba por ella todos los días. Durante la estadía de mi hermana en los campos, mami compraba latas de leche condensada en el mercado negro y las colocaba en la olla de presión durante unos 40 minutos, hasta que se acaramelaba y se convertía en dulce de leche. Era una delicia, pero no me podía quedar con ninguna porque mi hermana la necesitaba más.

Mamá tenía que tomar varios autobuses para viajar al campamento donde estaba retenida mi hermana, a las afueras de la ciudad, en medio de la nada. Pero, según las reglas del campamento, solo la podía visitar los fines de semana. Fui con ella un par de veces. Mi hermana prácticamente vivía de la leche que le traíamos porque el arroz que le servían en el campamento tenía gorgojos, y ella se negó a comerlo.

Mi hermana no quiere regresar al campo el próximo año. Dijo que en la madrugada, cuando ella y las otras muchachas eran trasladadas a los cam-

pos en un camión, hacía tanto frío que se enfermó. Sin embargo, ni enferma, se le permitió ir a casa. Aparte de la pésima comida, tampoco tenía privacidad cuando iba al baño en unas letrinas asquerosas. No sé qué va a hacer mamá para el año que viene. No tendrá más remedio que enviarla, ya que es requerido por el gobierno.

No creo haberte dicho que empecé a asistir a la Universidad de La Habana. Mamá quiere que siga educándome en caso de que podamos irnos. No es que una educación me vaya a hacer mucho bien en Cuba. Mamá tiene amigos que son graduados universitarios que trabajan como taxistas.

No existe historia alguna que te pueda contar que se compare con lo que debes estar pasando.

En vez de hablar más de calamidades, te dejaré con este recuerdo de nosotros durante nuestras últimas vacaciones juntos, caminando sobre la arena de la playa de Varadero, tomados de la mano mientras el sol comenzaba a esconderse sobre el horizonte. ¿Recuerdas cómo mamá, parada bajo una palma, nos pedía que regresáramos a casa a cenar?

Siempre me pregunté cómo pudimos ir a la playa el último verano que pasaste aquí. Luego mami me dijo que a una de sus amigas revolucionarias se le habían otorgado unas vacaciones en la playa, y nos invitó.

Mi amor, regresa con vida. Cuando las cosas se te pongan difíciles, piensa en nosotros, en los tiempos felices. Te mantendré en mi corazón eternamente.

Besos,

4 de enero de 1970

Maylin

Capítulo 7

15 de marzo de 1970

Querido Rolando,

No he recibido una carta tuya desde la última vez que te escribí, pero no me sorprende. ¿Quién sabe por lo que estás pasando?

No tengo mucho que decirte. Cuba se ha quedado estancada dentro de una cápsula del tiempo. Estoy aprendiendo en la universidad que estamos siendo fuertemente subsidiados por la Unión Soviética, lo cual me hace preguntarme cómo sería la vida aquí si no fuera así.

Tratamos de hacer lo mejor que podemos. Vamos a la Pizzería Sorrento en el barrio Santos Suárez una vez cada dos meses. ¿Recuerdas las pizzas deliciosas que comíamos allí? Me encantan. Sin embargo, no podemos darnos el lujo de ir allí muy a menudo.

A veces, mamá me da algún dinero para que mi hermana y yo vayamos al cine, y otras veces, visitamos El Coppelia en El Vedado para disfrutar de una bolita de helado. Es un lugar muy popular, pero las colas pueden ser largas, especialmente los fines de semana.

Mi hermano todavía está cumpliendo con el servicio militar y viene a casa cuando menos lo esperamos. Ha estado más callado de lo habitual en estos días. Es como si estuviera ocultando algo. Mamá, quien siempre está pensando lo peor, se preocupa mucho por él. Por eso no quiere irse. Ella cree que puede protegerlo mientras estemos aquí.

Bueno, mi amor, espero ansiosamente saber de ti.

Te amo mucho.

Maylin

Capítulo 8

June 15, 1970

Querida Maylin,

Recibí tu carta del 4 de enero y *la coloqué dentro de una pequeña bolsa de plástico para conservarla. La llevo conmigo todo el tiempo. Me da esperanza.*

No quiero preocuparte con los horribles detalles de la guerra. Las cosas que he presenciado: la muerte, la destrucción, el odio y el amor de alguna manera logran convivir en las condiciones más inhumanas...

Me doy cuenta ahora por qué tantos hombres están en contra de la guerra, pero no puedo pensar de esa manera si voy a salir de aquí con vida. Y debo mantenerme vivo para ti.

Los hombres de mi pelotón son de ocho estados diferentes, algunos reclutados y otros enlistados, pero soy el único cubano. Mi mejor amigo, Tom, es de Alabama. Es un muchacho de la raza negra, mucho más grande y fuerte que yo, que me *ha salvado la vida un par de veces. Siempre estaré endeudado con él y su familia. No sabía que la gente de Alabama comía chicharrones como los cubanos. También les gusta el pescado frito con harina. No he probado esa combinación.*

También conocí a Jerry, de Nueva Orleans, que siempre está hablando de la vida en el bayou.

June 15, 1970

En Bayou Country se puede llegar a la mayoría de las casas en bote. Son áreas pantanosas muy pobres donde prevalecen las culturas criolla y cajún. Para él, el ejército es una forma de salir de allí. Me habló de alimentos que nunca he probado como gumbo, jambalaya y cangrejos.

Jerry se enamoró de una muchacha vietnamita. Él quiere casarse con ella y traerla a los Estados Unidos. Yo, en cambio, solo puedo pensar en la hermosa chica que dejé en la calle Zapote.

¿Sabes lo que me gustaría? Llevarte conmigo a Louisiana y Alabama cuando regrese de la guerra. Podríamos visitar a mis amigos y probar las comidas tradicionales de esas áreas. Se me hace la boca agua al pensar en eso. Más que nada, extraño tomarme una buena taza de café con leche con un pedazo de pan con mantequilla por las mañanas.

Bueno, mi bella princesa, acabo de escuchar mi nombre. Hasta la próxima vez, mi muñeca.

Tuyo para siempre,

Rolando

Capítulo 9

14 de noviembre de 1970

Querida Maylin,

No sé cuándo recibirás esta carta. No quería escribir hasta que mi condición mejorara, pero por fin, me voy a casa.

En julio, formé parte de un enfrentamiento entre la brigada 101ª de la División de Aerotransporte del Ejército de los Estados Unidos y el Ejército Popular de Vietnam en la Base de Apoyo al Fuego Ripcord en el Valle de A-Shu en Vietnam del Sur. Los combates más intensos tuvieron lugar durante los primeros 23 días de julio, cuando 75 de nuestros hombres perdieron sus vidas. Al final, el comando estadounidense ordenó la evacuación de la base. La noche del 9 de julio fue tranquila, pero la Inteligencia de la brigada estaba anticipando un ataque del NVA (Ejército de Vietnam del Norte), por lo que todos estábamos muy tensos. Hubo vientos fuertes durante todo el día, y esa noche una extraña sensación ominosa se apoderó de mí. Llegué a pensar que moriría antes del amanecer. Sin embargo, no fuimos asaltados de madrugada.

El 10 de julio, estaba tan asustado, todavía anticipando lo peor. Cuando comenzó el ataque de artillería y nos agachamos, la adrenalina y el entrenamiento que habíamos recibido se activaron. Era matar o ser matado. Después de soportar el fuerte fuego de artillería por un tiempo, fui gravemente herido por proyectiles de mortero. Perdí tanta sangre que tuve que ser evacuado y llevado a un hospital.

Por muy raro que te suene esto, yo fui uno de los más afortunados. Jerry, mi amigo de Nueva Orleans, no tuvo tanta suerte. Una bala de mortero lo mató instantáneamente. Y para empeorar las cosas, su esposa vietnamita está embarazada. Apenas un par de días antes de su muerte me decía lo emocionado que estaba con la idea de ser padre. Tenía miedo de que algo le pasara. Muchos de nosotros pensábamos igual.

—Si algo me sucede, dale a mi esposa mi insignia del Ejército de los Estados Unidos, para que pueda pasársela a mi hijo o hija —dijo. Cuando estaba en el hospital, escuché que sus deseos se habían cumplido. Me pregunto sobre el futuro de ese bebé. Para los vietnamitas, su padre siempre será un enemigo.

El mismo día en que Jerry perdió la vida, otro de nuestros soldados murió y tres resultaron heridos durante una misión de reconocimiento, al tropezar con una trampa en un campo de minas.

Todavía tengo pesadillas y me despierto en medio de la madrugada sudando y gritando, pensando en todos los hombres que perdimos. Tengo estos extraños "flashbacks". Es como si estuviera reviviendo los peores momentos en Vietnam. A veces, hay desencadenantes obvios, como un ruido fuerte. Otras veces, simplemente suceden.

Sigo pensando, ¿cómo sobreviví y por qué otros tuvieron que morir? Es algo que me perseguirá por el resto de mi vida.

14 de noviembre de 1970

Lamento que esta carta no haya sido tan esperanzadora y alegre como las que has recibido de mí en el pasado. La guerra cambia a los hombres. Me cambió, pero no ha cambiado lo que siento por ti. Todavía sueño con el día en que volvamos a estar juntos.

Durante mi largo período de recuperación en el hospital, lejos de todos los que amo, a veces me decía a mí mismo que dejara de esforzarme en mejorar. Luego, leía tus cartas, las que guardé dentro de una bolsa de plástico y que por suerte no se destruyeron cuando me dispararon, y volvía a luchar por mi vida.

Solo la idea de volver a ti me mantuvo vivo. Con suerte, ese sueño está más cerca de convertirse en realidad.

Te amo,

Rolando

Capítulo 10

15 de diciembre de 1970

Querido Rolando,

Durante varios días debatí conmigo misma. No sabía si decirte esto o no. Dios sabe que tienes suficiente con qué lidiar. Pero no quiero que te enteres por otra persona. Te envié un par de cartas contándote lo que pasó. El hecho de que en tu carta de julio no las hayas mencionado me sugiere que nunca las recibiste. Estaba tan molesta cuando las escribí que probablemente nunca salieron de Cuba. Te había contado sobre los rumores de que aquí leen algunas cartas antes de dejarlas salir. Mis cartas probablemente tenían demasiadas verdades sobre lo que está sucediendo.

Así que una vez más, esto es lo que pasó.

Mi amor, en mayo, el gobierno de Cuba dejó de permitir que la gente se fuera. Los Vuelos de la Libertad continúan solo para aquellos que ya habían estado esperando su turno para irse, pero eso es todo. Supe que habíamos perdido demasiado talento profesional con el exilio, pero quién sabe. ¿Cómo pueden simplemente mantener a la gente aquí así?

Espero que entiendas lo que eso significa para nosotros. No podré salir de Cuba. Después de gritar, llorar y caer en depresión durante varios días, la aceptación comenzó a aflorar en mí.

15 de diciembre de 1970

Resignación. Eso es todo lo que podemos tener aquellos quienes nos quedamos en esta isla abandonada por Dios.

Quiero que luches para mantenerte vivo y regresar a casa. Quiero que conozcas a alguien especial y que tengas esa hermosa familia con la que sueñas. Deseo que visites a tus amigos en todos esos lindos lugares que te gustaría conocer. Disfruta de la vida, ¿de acuerdo?

Nuestro sueño no estaba destinado a hacerse realidad, pero los recuerdos de nosotros dos juntos, tomados de la mano en el Parque Santos Suárez cuando pensábamos que nada ni nadie nos podrían separar, permanecerán conmigo por siempre.

Siempre te amaré.

Maylin

Capítulo 11

12 de marzo de 1971

Querido Rolando,

Cuando leí tu carta del 14 de noviembre en la que me contaste que estuviste gravemente herido y hospitalizado, apenas podía respirar. Mi madre entró en la habitación después de que me convirtiera en un mar de lágrimas. Al enterarse de lo sucedido, corrió a la cocina para traerme un poco de tilo. Lamento por todo lo que has pasado.

Me imagino que ya debes haber leído mi correspondencia de diciembre.

Lástima que nuestra historia no hubiera tenido un final diferente. Te amo tanto, que me duele físicamente el que no podamos estar juntos.

Mamá sigue recordándome que todos nacemos con un destino predeterminado. —No hay nada que puedas hacer contra tu destino —me dice. No tienes idea de lo enojada que me pongo cuando me dice eso. Sin embargo, ahora me pregunto si tiene razón.

He considerado dejar la universidad, pero ¿entonces qué? ¿Consigo un trabajo con el gobierno, ya que solamente el gobierno emplea porque es el dueño de todo? Tal vez sea preferible terminar mi carrera para al menos percibir una sensación de logro.

12 de marzo de 1971

Han pasado más de dos años desde que te fuiste, y mis padres piensan que debería comenzar a salir de nuevo. Hay un chico en la universidad que ha estado detrás de mí durante los últimos tres meses. Me parece agradable y está estudiando ingeniería. A veces, recoge flores del parque y me las trae, pero no estoy lista. Necesito un poco más de tiempo.

Sobre Cuba, todo sigue igual. Todavía necesitamos las tarjetas de abastecimiento para comprar la comida. A veces, el servicio de agua se va y nos envían camiones que vienen a los barrios a traérnosla. Tenemos que salir con cubos a buscarla. Otras veces, la electricidad se va por varias horas, especialmente durante la noche. Sucede con frecuencia, pero tenemos una lámpara china de queroseno que colocamos sobre la mesa del comedor para terminar cualquier tarea doméstica que estemos realizando.

Al terminar, la apagamos y nos dirigimos al portal. Hablamos durante un rato, y luego, mis padres se mecen hasta quedarse dormidos en los viejos sillones. Me quedo ahí, callada, escuchando a los vecinos. Sí, sé lo que estás pensando. Tienes razón, pero necesito hacer algo y ¿por qué no enterarme de las vidas de los demás?

En los meses de verano, cuando se va la luz, es imposible estar dentro de la casa sin poder encender un ventilador. Pero ya sea invierno o verano, dormimos con las ventanas abiertas. Entonces, las cucarachas voladoras entran a la casa. ¡Les tengo terror!

Sé que ninguna de estas historias se compara con lo que has vivido. Con suerte, para cuando recibas esta carta, como antes, estarás disfrutando de todas las comodidades de tu hogar.

12 de marzo de 1971

Un abrazo grande y cálido. Por favor, escríbeme cuando puedas, incluso después de encontrar a esa chica afortunada que ocupará mi lugar. Tus cartas serán mi única ventana a ese mundo que me ha sido arrebatado. Siempre te amaré, pero amar a veces significa dejar ir a los que amamos.

Por eso te dejo ir.

Ahora que has aprendido sobre la muerte y la destrucción en la guerra de Vietnam, valora tu vida y vívela al máximo.

Te deseo una vida llena de alegría.

Abrazos,

Maylin

Capítulo 12

25 de mayo de 1971

Querida Maylin,

Leí tus cartas. Mamá las había guardado hasta mi llegada.

No esperaba leer lo que escribiste. Leí tu última carta, pensando que la había leído mal. Luego de cerciorarme de que era exactamente lo que había interpretado, la tiré sobre la cama y salí de mi habitación. Mamá me preguntó dónde iba, pero no le respondí. Necesitaba alejarme de todos, así que comencé a conducir sin saber hacia dónde. Después de un tiempo, terminé en la autopista I-95. Conduje a mucha velocidad, y no sabes todas las locuras que vinieron a mi mente. Seguía viéndote cuando te despediste de mí en el aeropuerto Rancho Boyeros en La Habana. Vi a mi amigo muerto, e incluso me vi de vuelta en Vietnam.

Mamá piensa que debería recibir terapia psicológica, pero yo soy un hombre. Tengo que resolver mis problemas como lo hacen los hombres, así que comencé a ir a un gimnasio. Ahogo mi ira golpeando un saco de boxeo una y otra vez, hasta que mi corazón late como si se fuera a salir de mi pecho. El otro día, comencé a golpear la bolsa sin guantes para sentir el dolor de los golpes, pero el entrenador insistió en que me los volviera a poner. No quería que les causara daño a mis nudillos. Como si a mí me importara...

Después de que me dieron la alta honorable de las fuerzas armadas, me quedé en casa durante un par de semanas. Sin embargo, los días se sintieron muy largos. Necesitaba sentirme útil, así que regresé al trabajo. En agosto, comenzaré la universidad nuevamente. Mantenerme ocupado me ayudará. Eso es lo que mami me sigue diciendo.

Mi amigo Tom fue herido el mismo día que yo y ya está en casa. Te hablé de él. Fue quien me salvó un par de veces. Es de Alabama. Quizás, cuando termine las clases, iré a visitarlo.

Sé que quieres que siga adelante. ¡No sé cómo! Todavía no. Un par de mis amigos estadounidenses me invitaron a ir a un bar con ellos. Tal vez lo haga.

Bueno, no sé cómo cerrar esta carta. ¿Qué debo decir? ¿Hasta que nos volvamos a ver?

Pase lo que pase, nadie puede quitarnos los momentos que compartimos. Esos nos pertenecen y nos unirán para siempre.

Con mucho amor,

Rolando

Capítulo 13

15 de septiembre de 1971

Querido Rolando,

Han pasado un año y cuatro meses desde que el gobierno dejó de permitir que la gente se fuera, y más de dos años desde que te fuiste.

Las cosas son tan diferentes ahora que cuando tú y yo estábamos creciendo.

Mi abuelo era dueño de una tienda antes del 1959, y mi abuela era ama de casa. A mi hermano y a mí nos encantaba pasar tiempo con ella. Siempre nos esperaba con un delicioso manjar casero, ya fuera mermelada de guayaba con queso o trozos de papaya en almíbar.

Aún hoy, varios años después de que el gobierno confiscara su negocio, llora cuando voy a su casa, ya que no tiene nada que ofrecerme. —Abuela, no te preocupes —le digo. Pero extraña mucho a esa vieja Cuba, cuando no necesitaba una tarjeta de racionamiento para comprar lo que necesitaba.

A veces, le compra mermelada de guayaba a un vecino que tiene conexiones y consigue los ingredientes en el mercado negro. Sin embargo, no puede comprarle a menudo, ya que el poco dinero que se gana debe gastarlo en sus necesidades, dejando muy poco para lujos como lo es la mermelada de guayaba.

15 de septiembre de 1971

Para las ocasiones especiales, como cumpleaños, o como cuando recientemente mi hermano terminó el servicio militar, mami hace su propia mayonesa. La usa para aderezar su ensalada de coditos, la cual sirve en pequeñas reuniones familiares con "cake" y limonada. Puede que te suene asqueroso, pero me gusta mezclar la ensalada de coditos con un pedazo de "cake". Hay algo en el contraste de esa combinación de dulce y salada que me gusta.

Y cambiando de tema, mi hermano me preocupa mucho. No actúa como la misma persona que era antes de comenzar el servicio militar. Está muy callado y apenas participa en las conversaciones de sobremesa. Afortunadamente, su novia viene los fines de semana y van en guagua a la playa Santa María. Regresa tarde, de noche, pareciendo más alegre, como era antes. Mami dice que necesita tiempo. Creo que está enojado porque estamos atrapados aquí por su culpa. Hablé con él la otra noche y le dije lo que pensaba. Permaneció en silencio y miró hacia abajo. —No es tu culpa —le dije—. Solo hay un individuo responsable de lo que está sucediendo. Todos sabemos quién es.

Levantó la cabeza y me miró por un momento. Luego, salió de la habitación sin decir nada.

Rolando, hay algo que debo decirte. Mis padres insisten en que siga adelante. Al principio, me aferré a la idea de que algo cambiaría, y que existía la posibilidad de que el gobierno revirtiera su posición. Luego, perdí las esperanzas.

Como te conté antes, conocí a alguien en la universidad. Se llama Carlos. Me pretendió por un tiempo, pero francamente, no estaba de humor para salir con nadie. Luego, le pidió mi dirección a uno de mis amigos y se presentó en mi casa con unas guayabas y una libra de azúcar para mami. Eso es todo lo que necesitó para que a ella le agradara.

Mami me dice que debería darle una oportunidad. Lo estoy pensando. Mientras tanto, espero que, a estas alturas, hayas conocido a alguien que te haga feliz. La vida debe continuar, y no importa lo que se desmoronee a nuestro alrededor, debemos aprovechar al máximo el poco tiempo que estamos aquí en la Tierra. Mi abuela siempre me dice eso.

Me despido con un fuerte abrazo para ti.

Maylin

Capítulo 14

Vacaciones

Había leído la última carta de Cuba antes de la brecha. La siguiente, de Maylin, estaba fechada el 26 de abril de 1980. ¿Qué había pasado entre estas fechas?

No quería leer la siguiente carta sin saber lo que pasó durante todos esos años.

Cuando entré a la habitación del hotel con la caja de cartas, encontré a Maggie inmersa en sus estudios.

—¿Ya terminaste? —me preguntó, cambiando su atención del material de estudios para la licencia de contador público de su computadora portátil.

—No. No quiero leer las demás sin saber lo que sucedió durante la brecha. Hay casi nueve años entre la última carta y la próxima.

—¿Vas a llamar a tu abuelo para preguntarle?

—Es mejor esperar hasta que lo vuelva a ver.

—¡Tienes que contarme todo más tarde! Y antes de que se me olvide, nuestro amigo Mark llamó. Supo que estábamos aquí juntas y le gustaría reunirse con nosotras para cenar más tarde. Traerá a uno de sus amigos. Dijo que intentó llamarte, pero tu teléfono está apagado.

—Sí, Paulo me envió un mensaje. No quería saber de él ni de nadie.

—¿Vas a responderlo?

Miré hacia otro lado y coloqué las cartas encima de un gabinete.

—Necesito un nuevo comienzo. Él es parte de mi pasado.

Maggie me miró.

—¿Por qué me miras así?

—¿Cómo?

—Olvídalo.

—Bueno, ¿podemos salir esta noche?

—No tengo nada mejor que hacer —le dije.

—¡Genial! Llamaré a Mark y se lo diré.

—¿A dónde vamos?

—Al restaurant *Palm Pavilion Grill.* Está justo en la playa, con románticas puestas de sol y todo.

—No estoy lista para comenzar a salir con nadie, así que no te hagas ideas.

—Como tú digas.

—¿Y cómo supo Mark mi número? No hemos hablado en años. ¿Por qué me llamaría?

Maggie se encogió de hombros.

—Estoy segura de que se enteró de tu ruptura.

—Pero no le dijiste nada, ¿verdad?

—¿Yo? Soy totalmente inocente. Todo lo que he estado haciendo es estudiar para mi reválida. Necesito aprobarla la primera vez porque eso me abrirá muchas puertas. Así que no me culpes.

La miré, tratando de averiguar si me estaba diciendo la verdad. No parecía estar mintiendo. No jugaba con sus dedos ni se movía nerviosamente en su asiento.

—Bueno, voy a nadar. Necesito refrescarme —dije—. ¿Quieres venir?

—Claro —respondió cerrando su computadora portátil—. Necesito un descanso. Será el momento perfecto para enterarme de esas cartas.

Después de ponernos nuestros trajes de baño, yo, un bikini rojo de dos piezas, y ella, de una pieza de color negro, caminamos hacia el océano. A juzgar por la cantidad de personas que me rodeaban, no podía creer que estuviéramos en medio de una pandemia. Sin embargo, la vida continuaba a mi alrededor: risas, niños jugando y personas acostadas en la arena o disfrutando de la playa. Podía escuchar música sonando en la distancia y gente hablando en diferentes idiomas. Reconocí a aquellos con los que estaba familiarizada: español, inglés e italiano.

El calor emanaba de la arena blanca y me atraía el agua. Dejé mi toalla en la arena y corrí hacia el mar, mientras sentía que los rayos del sol quemaban mi piel. Fue entonces cuando recordé que había olvidado el bloqueador de sol en la habitación, lo que garantizaría mi aspecto de langosta si me quedaba en la playa demasiado tiempo.

—¿Quieres dejar nuestras cosas aquí? — Escuché a Maggie decir mientras me alejaba.

—Sí —grité sin mirar atrás—. Vamos.

En el momento en que mis pies tocaron el agua, sentí su calor, invitándome hacia la profundidad. Sentía la suave arena bajo mis pies. Pensé en mi abuelo. Me dijo que por muy bonita que fuera la playa de *Clearwater*, ninguna en el mundo podía compararse con las de Cuba.

—Sí, abuelo. Todo en Cuba era mejor.

—Antes de Castro —me aclaraba.

Me reí cuando pensé en mi abuelo. Luego, di unos pasos más y el agua me llegó hasta la mitad del torso. No muy lejos de nosotros, noté a una pareja estrechada en un abrazo, lo que me trajo recuerdos de la última vez que Paulo y yo habíamos estado allí. Sentí celos.

—El agua se siente rica —dijo Maggie salpicándola con sus manos como una niña.

—La temperatura es perfecta.

La calma de las aguas y la belleza de los edificios que bordeaban la costa, hasta donde mis ojos podían alcanzar, me relajaron. No era de extrañar que esta playa fuera tan popular entre los turistas europeos.

Nadamos durante un rato, hablamos de las cartas, de Paulo, de mis padres sobreprotectores y de la comprensiva familia de Maggie que había confiado en ella para que tomara las decisiones correctas. También había roto con su novio. En realidad, fue él quien la dejó porque afirmó que ella no le dedicaba suficiente tiempo. Yo no podría tolerar a alguien tan necesitado. Esa fue una de las cosas que me gustaron de Paulo. Él era comprensivo y nos habíamos dado nuestro espacio.

La idea de empezar de nuevo me asustaba. La vida era lo suficientemente complicada sin conocer a alguien nuevo, pero como dijo Maggie, siempre podría ser peor.

Pensé en Marta y me pregunté si ella habría llamado a Paulo.

—Marta quería quedarse aquí por un par de días —le dije.

—¿Aquí?

—Sí, pero le dije que habías pagado por el lugar y que no querías visitas.

Maggie abrió mucho sus ojos azules.

—¿Por qué me haces parecer como la mala?

—Lo sé. Me siento mal. Tal vez debería llamarla. Ella es familia.

—Marta te estaba tratando de quitar a tu novio. No tienes que sentirte mal por no invitarla, solo por culparme.

—Perdóname. Me da lástima con ella porque el dinero no le alcanza para quedarse en un lugar como este.

—Preocúpate por ti misma y deja de preocuparte tanto por los demás. Si mañana todavía te sientes culpable, tal vez puedas pedirle que se quede aquí el viernes por la noche.

—Esa es una buena idea.

—Me acabo de dar cuenta de algo —dijo Maggie entrelazando sus dedos.

—¿Qué?

—En comparación contigo y con la mayoría de los cubanos que conozco, vivo una vida muy aburrida. Nunca pasa nada emocionante en mi vida.

—Debes estar refiriéndote a mi padre y a mi abuelo.

—Me refiero a tu prima, a tu exnovio y el drama con tu mamá porque no es cubano, y a la historia de tu abuelo y tu papá. Heredaste sus historias por ósmosis.

—Los irlandeses no son tan diferentes a los cubanos. Tienes una historia muy rica y problemática.

—Es cierto, pero no domina todos los aspectos de nuestras vidas.

—Probablemente tengas razón. Somos muy apasionados. También cuando alguien ha vivido en Cuba, Cuba nunca lo abandona. Es como si ...

—¡Estuvieran poseídos por la Isla!

—Ahora, te estás burlando de mí. No te diré nada más si sigues hablando boberías.

Nos reímos, y nos quedamos en la playa durante un par de horas, hasta que Maggie me dijo que mi cara y hombros se habían comenzado a enrojecer.

Antes de la puesta del sol, nos encontrábamos dentro del BMW convertible de Mark, el muchacho cubano que había bailado conmigo en mis quince.

—¿Has estado en el *Palm Pavilion* antes? —preguntó Mark, mientras bajaba sus gafas de sol y exponía sus ojos marrones, los cuales me miraban por el espejo retrovisor. Desde donde estaba sentada, podía oler el dulce aroma de su colonia.

—No creo —dije, todavía preguntándome por qué Mark me llamó tan repentinamente.

—Ustedes dos están que echan humo. Muy bellas las dos —agregó.

—Un desastre es lo que yo parezco —dijo Maggie.

Hice un gesto negativo con la cabeza y luego moví un mechón de mi cabello detrás de la oreja.

—Deja de decir eso. Te ves encantadora con ese vestido sin tirantes. ¿Verdad que sí, Mark?

Mark miró hacia atrás por un breve momento y luego volvió a concentrarse en el camino. —¡Te ves muy bien! —dijo.

—Ha pasado tanto tiempo desde la última vez que tú y yo hablamos, Mark —le dije—. ¿Cómo supiste que estaba aquí?

Mark y yo habíamos estado en los mismos círculos sociales mientras crecíamos, no solo porque él había bailado conmigo durante mi quinceañero. Luego, seguimos viéndonos en fiestas, como las celebraciones anuales del Hombre y la Mujer del Año de la Herencia Hispana de Tampa, la última, celebrada en el 2019, unos meses antes de la pandemia.

Sin embargo, mis padres no habían alcanzado el mismo éxito que los suyos. Su padre era médico y su madre farmacéutica. Mamá trabajaba en el hospital *Tampa General* como generalista de recursos humanos, y mi padre era ingeniero eléctrico.

—Me dijeron que no te lo dijera —respondió.

—Mamá fue la que organizó este encuentro —concluí.

Mark se sonrió levemente.

—La conoces bien —dijo—. Habló con mi mamá y le dijo de tu ruptura con Paulo y de las tres cualidades que quería, que casualmente yo poseo.

Tom, el amigo de Mark, movió la cabeza de un lado al otro.

—He visto el tipo de muchachas con las que andas —le dije—. No me parezco en nada a ellas.

—¿Me estás llamando superficial?

—Si el zapato te sirve...

—Oye, ¡eso duele!

—Lo siento. No era mi intención. Estoy enojada por lo que hizo mami —le dije—. ¡Si hubiera sabido esto, nunca habría aceptado salir contigo! No soy un caso de caridad.

—Escucha, Lena. No es nada del otro mundo. Es una cena. Vamos a disfrutar. Después de perder a mi hermana mayor por esta nueva variante Delta, sé que no podemos dejar que la vida pase por pasar.

—¿Tu hermana falleció? ¡No! Lo siento mucho. Pero ¿cuándo?

—Hace dos semanas. Tenía varios problemas de salud y no estaba vacunada, a pesar de que mi padre le había rogado que lo hiciera. Mi padre está devastado. Está convencido de que, si ella hubiera buscado atención médica antes, hubiese podido salvarse; pero ella esperó. No quería que él le dijera «Te lo advertí».

—Mami no me dijo nada.

—Aparte de la notificación a la familia, mis padres prefirieron no contarles nada a sus amistades. Todavía es demasiado pronto, y no han podido aceptar su pérdida. Piensan que le han fallado.

—Era una mujer adulta. No hay nada que pudieran haber hecho. Lo siento, de verdad.

—Lo siento, chico —dijo Tom, el amigo de Mark, quien estaba sentado en el asiento del frente, junto a él. Maggie se hizo eco de sus palabras.

—Bueno, no más hablar de esto —dijo Mark —. Vamos a pasar un buen rato. La comida y las bebidas van por mí.

—No te voy a permitir que hagas eso. O cada uno paga por lo suyo o no voy —dije.

Mark se quitó las gafas de sol y una vez más me miró por el espejo retrovisor.

—Lena, déjame hacer esto —dijo con tristeza en sus ojos.

No dije nada.

Tuvimos una buena cena acompañada de una animada conversación, pero seguí notando que a veces la mente de Mark viajaba muy lejos. Cuando terminamos, Maggie quiso mirar las tiendas al otro lado de la playa. Sin embargo, yo no estaba de humor para ir con ella y decidí caminar sobre la arena. Mark me acompañó.

—Siento de nuevo la muerte de tu hermana —le dije, por decir algo.

—Yo también, y lamento que tú y tu novio se hayan separado.

Mark y yo caminamos por la playa durante un rato y hablamos sobre los tiempos en la escuela secundaria y en la universidad, donde habíamos tomado algunas clases de negocios y colaborado en varios proyectos. Nuestras respectivas madres siempre quisieron que nos hiciéramos novios. Una vez, escuché a mi madre decirle a la suya, cuando nos visitó, lo mucho que deseaba que yo dejara al brasileño.

Mark hubiese sido una buena conquista para cualquier mujer: alto y guapo, educado y disponible. Parte de mí pensaba que era demasiado guapo para mi gusto. Era el tipo de hombre por el que las mujeres, al entrar en un salón, siempre mirarían en su dirección; un hombre que actuaba con toda la seguridad del mundo. Los hombres como él no podían evitar actuar desagradablemente a veces, como si fueran un regalo de Dios. No, gracias. Me sentía demasiado insegura de mí misma como para tener un hombre con su aspecto en mi vida.

Esta noche, Mark parecía más vulnerable que otras veces. Me escuchó más y me hizo muchas preguntas, como si le importara mi vida. Así que compartí con él más cosas personales de las que me hubiera estado inclinada a compartir con él en cualquier otro momento. Le conté sobre las cartas de mi abuelo, las razones por las que había roto con Paulo y mi falta de planes para el futuro. No podía mirar más allá de la semana siguiente, no importaba cuánto lo intentara. Empatizó conmigo.

—Descubrirás qué hacer. Eres una joven inteligente.

—Tal vez tengas razón —le dije.

Sin embargo, sin saber por qué, me sentía como un barco sin timón.

Capítulo 15

La brecha

El sábado, tras concluir mis vacaciones, fui a casa de mi abuelo. Estaba ansiosa por saber qué había pasado durante los nueve años en los que él y Maylin no se intercambiaron cartas. Toqué a la puerta como de costumbre, antes de usar mi llave, pero esta vez, la cara amable y sonriente de tía Rita me recibió. La abracé y la besé en la mejilla.

—¿Quieres un poco de café cubano? —preguntó—. Puedo hacerte un poco.

—No, no te preocupes. Soy muy hiperactiva, y si tomo café, imagínate.

—Tonterías. El café cubano nos da nuestra pasión. Mira todo lo que hemos logrado en este país. ¿Sabes cómo?

—Sí, lo sé. ¡Es el café!

Ambas nos reímos y entramos. Tía Rita se sentó en un sillón y yo en el sofá. Noté su colorida blusa de estampado floral con mangas, pantalones blancos y sandalias que la hacían parecer más joven, especialmente con sus uñas bien cuidadas y las pulseras doradas alrededor de su muñeca.

—Entonces, ¿cómo fueron tus vacaciones? —preguntó y me miró con los ojos bien abiertos y una sonrisa.

—Me divertí —le dije. Una media verdad.

Ella dijo que no podía creer cómo disfrutaba sin tener a mi novio a mi lado.

—Tía Rita, sabes por qué nos separamos. No quiero hablar de él.

—Me llamó y me preguntó por ti —respondió—. Tiene algo importante que decirte, pero lo conoces. Le pregunté si podía darte el mensaje, e insistió en decírtelo él mismo.

Cambié de tema y le pregunté por mi abuelo.

—Una amiga suya lo vino a recoger para llevarlo al Arco Iris.

—¿Una amiga? —pregunté.

—Sí, alguien que conoció cuando vivíamos en Cuba. Ella le propuso que salieran como amigos. Ambos estaban solos y se reconectaron a través de *Facebook* recientemente, después de que ella se mudara a Tampa. Se conocieron a través del grupo *All Things Cuban.*

—Yo también soy miembro. He aprendido mucho sobre Cuba a través de los miembros de ese grupo.

—¿Te has mantenido al día con la situación en la Isla?

Le dije que no. No había prestado atención a las noticias durante mis vacaciones. Me estresó ver la represión que siguió a las protestas del 11 de julio. Cientos de personas habían sido sacadas de sus casas, golpeadas y encarceladas. Los hospitales habían colapsado debido a la cantidad de casos de Covid-19. No pude mirar toda esa tragedia sucediendo frente a mis ojos, a través de los videos caseros que la gente compartía en las redes sociales.

—Bueno, en agosto, hace apenas un par de días, dejaron de llegar muchos videos desde el interior de la isla, después de que el gobierno cubano aprobó una resolución que restringe la libertad de expresión en las redes sociales bajo el Decreto Ley 35. La gente ahora está obligada a detener la difusión de «noticias falsas». También prohíbe el uso de *Internet* de manera que afecte a la «seguridad colectiva», el «bienestar general» y la «moral pública», como ellos la definen. La gente entendió por esas medidas que, si decían algo negativo sobre el gobierno, podrían ser encarcelados.

—Es horrible lo que está pasando —le dije.

—Muchas personas en todo el mundo están apoyando a los manifestantes. Aquí en Tampa, asistí a algunas protestas, pero hace mucho calor afuera. No sé cómo la gente puede pararse en una esquina durante horas en este calor húmedo e insoportable. Una mujer casi se desmaya por el agotamiento.

—Debes tener cuidado, especialmente con esta nueva variante Delta que es más contagiosa que las anteriores —dije.

Tía Rita había vivido la ira de la pandemia desde el principio, cuando su esposo murió un par de semanas después de contraer Covid-19. Ella también se infectó, pero de alguna manera, había logrado recuperarse. No podía quedarse sola en su casa después de eso. Sus dos hijos adultos la animaron a vender su casa y mudarse con su hermano.

Después de un tiempo, cambié de tema y compartí con ella el verdadero propósito de mi visita.

—He estado leyendo las cartas que guardaba mi abuelo —le dije—. Pero hay una brecha.

—No puedo creer que te permitiera leerlas. ¡Estaba tan enojado conmigo cuando regresó de las tiendas un día y me encontró leyéndolas! Aun así, logré salirme con la mía. Discute y se enoja, pero al final, es un viejuco gentil y amable.

—Entonces, ¿qué pasó?

—Es una lástima que esos dos se separaron —dijo, ajustándose los espejuelos—. Tanto tiempo perdido.

—¿Qué pasó durante ese tiempo?

—La vida pasó...

—¿Qué quieres decir?

—Él se casó con tu abuela y Maylin con Carlos, el muchacho que conoció en la universidad.

La delgada tía Rita, quien no medía más de cinco pies, se inclinó hacia atrás y cruzó las piernas. Me parecía increíble que tuviera sesenta años.

—¿Quiso a mi abuela?

Permaneció en silencio por un momento, descruzó las piernas y se inclinó en su silla.

—Mira. Probablemente seas demasiado joven para entender estas cosas, pero el amor es un concepto fluido. Amaba a tu abuela de una manera muy diferente a su primer amor. Tu abuela llegó a su vida durante un tiempo en que tu abuelo era un hombre destruido. Ella fue la persona adecuada para sacarlo del hueco en que estaba.

—¿Cómo se conocieron?

—Matilda, tu abuela era enfermera, primero en la base aérea de MacDill, y luego, como sabes, en el hospital de veteranos. Estoy muy contenta de que se hayan encontrado. Mi abuela solía decir que Dios no siempre nos da a quien queremos, sino a quien necesitamos. En su caso, creo que es cierto.

—¿Fue feliz con ella?

—Matilda era una mujer muy cariñosa. Ella hizo cosas por él que yo no hubiera hecho. Bueno, ya verás cuando leas las otras cartas. Fue una gran bendición para tu abuelo el haberla conocido.

—¿Estaba mi abuelo molesto porque Maylin fue la primera en sugerir que siguieran con sus vidas y conocieran a otras personas?

—No me lo ha dicho, pero estoy segura de que se sintió herido, especialmente en ese momento de su vida. Ella tenía razón. Vivía en la Isla y entendía que no tenía sentido detener sus vidas. Algunas cosas no están destinadas a ser.

—¿Pero eso significa que no debamos luchar por lo que queremos?

—Todo lo contrario. Siempre debes luchar por lo que quieres, pero también debes entender que no todo está bajo tu control.

Me volví pensativa por un momento. Luego, examiné mi *iPhone*. Paulo me había enviado otro mensaje de texto. Había perdido la cuenta de cuántos mensajes me había enviado. Mi tía-abuela debe haberse dado cuenta.

—¿Un mensaje de él?

Asentí con la cabeza.

—¿Cuándo piensas responderle? ¿De qué tienes miedo?

—No tengo miedo. Nuestra relación ha terminado. Hay condiciones que no puedo aceptar.

—Lena, deberías llamarlo y ver qué quiere. Es la forma madura de actuar.

Miré mi teléfono y comencé a escribir, mientras mi tía-abuela me observaba.

—Estoy en casa de mi abuelo. Te llamaré más tarde, después de que me vaya.

—Es importante que te vea —respondió en un mensaje de texto un par de minutos después—. ¿Podemos reunirnos en el *Starbucks*, al frente de *International Plaza*?

—Está bien. Estaré allí en aproximadamente una hora.

—Te esperaré —respondió.

Tía Rita me veía enviar y recibir mensajes en silencio.

—¿Bueno? —preguntó.

—Nos vamos a ver dentro de una hora.

—Muy bien.

—A mis padres no les gusta que estemos juntos. Tú lo sabes.

—¿Es tan importante para ti tener la aceptación de tus padres? ¿Qué quieres tú?

—Quiero una familia. También quiero paz. Cada vez que él y yo visitábamos a mis padres, después de que nos íbamos, tenía que escuchar a mi madre, diciéndome por teléfono que quería que me casara con un cubano. También lo hacía sentirse muy incómodo. Eso no era justo para él.

—Escucha, no te diré cómo vivir tu vida, pero observa esas señales que se presentan cuando menos las esperamos. Diferentes personas entran y salen de nuestras vidas por una razón. Encuentra esa razón y encontrarás el camino correcto a seguir.

Capítulo 16

La reunión

Cuando entré a *Starbucks*, semanas después de nuestra ruptura, nerviosa por verlo de nuevo, mis manos se humedecieron. Cerca de la entrada, un hombre y una mujer trabajaban en sus computadoras portátiles mientras bebían café con hielo. Luego, al final, sentado en una de las acolchadas sillas azules, con las piernas en la otomana, lo vi leyendo algo en su *iPad*. Caminé hacia él con pasos inciertos. Levantó la vista cuando sintió mi presencia y nuestros ojos se encontraron.

Se puso de pie y su rostro se iluminó con una sonrisa. Su piel se veía más bronceada que la última vez que lo vi; tal vez por el contraste de su polo color blanco, que revelaba sus musculosos brazos. Torpemente, extendí mi mano hacia él. ¿Qué estaba haciendo? Tragué en seco. Dio un par de pasos hacia mí y extendió los brazos para abrazarme. Le di un abrazo amistoso, pero en el momento en que toqué sus anchos hombros y olí su colonia varonil, mis piernas se debilitaron.

—Gracias por venir —dijo—. Te guardé una silla. ¿Puedo ordenarte algo?

—Café con hielo y leche de avena.

—¿De qué tamaño? ¿Un Venti como de costumbre?

Asentí con la cabeza.

—Lo ordenaré.

Me senté en la silla más cercana a la de Paulo mientras él caminaba hacia el mostrador. Regresó después de hacer el pedido, movió la mesa redonda de madera entre nuestras sillas hacia un lado y acercó, aún más, su silla a la mía.

—Lamento haberte llamado tanto, pero sucedió algo, y es importante que sepas.

Su sonrisa desapareció; parecía angustiado.

—¿Está todo bien? —pregunté inclinándome hacia él.

—Sabes que he estado tratando de traer a mis padres ...

—Sí, lo sé.

—Mi mamá no podrá venir.

—¿Por qué?

—Falleció —dijo tratando de contener sus lágrimas.

—¡Dios mío! —respondí llevándome la mano al pecho—. Pero ¿cómo?

—Covid-19.

—¡Oh no! Y tú, ¿cómo te sientes? ¿Qué tipo de pregunta más estúpida es esa? Por supuesto que no estás bien. Sé lo mucho que significó ella para ti. Lo siento mucho. ¿Por qué no me dejaste un mensaje?

—Necesitaba decírtelo en persona porque esto lo cambia todo.

—¿Qué quieres decir?

Inhalaba profundamente y esperó unos segundos antes de responder. Entonces habló con voz tranquila.

—He pensado mucho en mi vida y en nosotros desde que ella murió. Dijiste que estabas rompiendo conmigo porque no quería una familia.

Pues... las cosas han cambiado. Su muerte hizo que me diera cuenta de que la vida es un regalo por el que vale la pena luchar, que no quiero que mi vida termine conmigo. Ahora, al igual que tú, quiero una familia. Si me aceptas de nuevo, me gustaría formar esa familia contigo.

—No sé qué decir...

—No tienes que decir nada ahora. Solo piénsalo. Sé que tienes mucho que considerar. También está la situación con tus padres. Ellos, bueno, tu mamá, simplemente no me acepta. No puedo cambiar de dónde soy. Tampoco soy un intelectual ni me gustan los libros como a ti, pero mi negocio va bien. Puedo ofrecerte una vida cómoda. Si quieres educar a nuestros hijos de manera que no olviden sus raíces, no me opondré a eso. Pueden ser cubanos, brasileños y estadounidenses a la vez.

Sus ojos brillaron mientras decía esto. Una lágrima se escapó de mis ojos.

—Yo... Necesito irme.

—¿Y tu café?

—No puedo quedarme... Te llamaré.

Los clientes que entraban cuando yo salía me miraban mientras corría hacia afuera del establecimiento. No podía enfrentarlo. Necesitaba estar sola.

Capítulo 17

1ro de noviembre de 1979

Al dejar a Paulo en el *Starbucks*, pensé en tía Rita. Necesitaba hablar con ella. Era la persona más comprensiva y menos crítica de mi familia. Llamé a su celular, pero no respondió. Pensé en llamar a Maggie. Sin embargo, todavía estaba estudiando para la reválida de CPA, así que decidí regresar a mi apartamento.

Me sentía muy avergonzada por haber dejado a Paulo en *Starbucks* sin explicación alguna.

—Lo siento de nuevo, por tu mamá. Lamento haberme ido tan abruptamente —le escribí en un mensaje de texto cuando me detuve en una luz de tráfico.

No obtuve respuesta. Unos minutos después, al llegar a mi apartamento, le volví a escribir.

—¿Recibiste mi mensaje?

De nuevo, no obtuve respuesta. Lo entendía perfectamente. Derramó su alma frente a mí, la dejó expuesta a la intemperie y yo la había pisoteado. Merecía su silencio.

Mi apartamento se sentía vacío. Me serví un vaso de agua e inserté una cápsula de café con sabor a calabaza en mi cafetera *Keurig*. Bebí un poco de agua mientras esperaba a que se terminara de colar el café. Momentos después, el aroma llenó la habitación. Se sentía reconfortante.

1ro de noviembre de 1979

Consideré ir al gimnasio. Un poco de ejercicios me haría bien. Sin embargo, me dirigí a la sala con una taza llena de café, puse la taza en la mesita y agarré la caja de cartas que había guardado en el gabinete debajo del televisor.

Me senté en la silla reclinable, y comencé a leer la siguiente carta.

Querido Rolando,

Ha pasado tanto tiempo desde que te envié mi última carta: fue el 15 de septiembre de 1971. Lo recuerdo bien porque la escribí mientras mi familia estaba en la sala celebrando el cumpleaños de papi. Cuando los meses pasaron sin recibir respuesta tuya, me di cuenta de que habías decidido seguir adelante con tu vida.

He pensado en ti a través de los años, preguntándome qué habría pasado si me hubiese logrado ir. Sin embargo, es una pérdida de tiempo pensar en cómo hubiesen sido las cosas, cuando nos resulta imposible hacer algo para cambiar nuestras circunstancias.

Los cambios recientes dentro de Cuba me impulsaron a escribirte. No tenía tu dirección, pero el otro día visité a tu tía, y ella me la dio. Espero haberla escrito correctamente, y que te llegue esta carta.

Han pasado muchas cosas en los últimos años. Me casé con Carlos seis meses después de mi última carta. Tuvimos una niña en 1972 y un niño en1973. Mis hijos hicieron que mi vida volviera a tener sentido, a pesar de que todo se desmoronaba a mi alrededor. Carlos se mudó a la casa de mis padres en la calle Zapote ya que no hay viviendas para la gente joven y tenemos que vivir todos amontonados. Cuando estaba embarazada, mientras cortaba cebollas en la cocina, un trozo del techo se cayó, y casi me mata.

Carlos "logró" encontrar los materiales necesarios para repararlo. Espero que entiendas lo que esto significó, dado que todo es propiedad del gobierno. No hay necesidad de entrar en detalles. El haberse arriesgado así, me dijo mucho de él. No pensé que fuera posible volver a enamorarme, pero su amabilidad y generosidad me ayudaron a encontrar lo que nunca pensé que encontraría después que te fuiste. Espero que tú también hayas encontrado el amor.

El tiempo aquí se ha detenido en muchos sentidos, pero la paranoia que domina al país no; sigue escalando. El gobierno continúa diciéndonos que debemos estar preparados para cuando los estadounidenses vengan a atacarnos. Para estar preparados para ese día que nunca llega, se nos pide que nos paremos en las esquinas de las calles por la noche para vigilar cualquier actividad antirrevolucionaria.

Alguien siempre nos está vigilando. La persona a cargo del Comité de Defensa de la Revolución en nuestra cuadra está involucrada, de manera intrusiva, en las vidas de todos, observando quién entra y sale de las casas.

Los días en que Fidel Castro habla en la Plaza de la Revolución, alguien toca en cada puerta para asegurarse de que vayamos a la plaza a escucharlo. Los discursos siempre son los mismos: sobre los "lo-

gros" de la revolución y las "amenazas de los imperialistas" en el norte.

Aunque Carlos trabaja en una tienda de comestibles y tiene conexiones, las porciones que tenemos derecho a comprar no siempre llegan a la tienda, por lo que tenemos que adquirir alimentos en el mercado negro. Cuando estaba embarazada, a veces tenía que comer un pedazo de pan con aceite y sal para el almuerzo.

Y cambiando de tema, espero que hayas podido recuperarte de tu tiempo en la guerra. Cuando he pensado en ti a lo largo de los años, volvía a leer tus cartas, las cuales conservo. Eso me ayudaba.

Carlos se pone celoso, pero entiende que simplemente no puedo borrar esa parte de mi vida, al igual que no puedo borrar el amor que encontré con él.

Y hablando de los cambios que mencioné al principio de mi carta, ¿te enteraste de Los Viajes de la Comunidad? Los cubanos que residen en los Estados Unidos ahora pueden visitar a sus familiares nuevamente. Sé que tienes una tía aquí. ¿Tienes algún plan para visitarla? Si lo haces, por favor, ven a vernos. Trae a tu familia. Sería maravilloso volver a conectarnos.

Por cierto, nunca terminé la universidad. Pensé, ¿para qué? Tenemos los taxistas más educados de este hemisferio. Los trabajadores del turismo ganan más que muchos profesionales.

En cuanto a mí, trabajo como maestra. A pesar de que nunca terminé la universidad, el gobierno estaba tan desesperado por la escasez de maestros luego del éxodo masivo en la década del 1960, que facilitó la manera de convertirse en maestro de una forma rápida. No gano mucho, pero al menos tengo algo que hacer.

Ojalá no tuviera que criar a mis hijos aquí. Se les enseña a ser buenos comunistas, a usar una pañoleta roja alrededor del cuello y a recitar consignas comunistas.

Probablemente dije más de lo que debería. Escríbeme si puedes.

Un abrazo para ti y tu familia,

Maylin

Guardé la carta, mientras pensaba en una frase que por alguna razón había resonado en mi mente:

Es una pérdida de tiempo pensar en cómo hubiesen sido las cosas, cuando nos resulta imposible hacer algo para cambiar nuestras circunstancias.

Capítulo 18

20 de abril de 1980

Pensé en guardar la caja de cartas. Sin embargo, no me pude contener. Busqué la siguiente y comencé a leer.

Querido Rolando,

Me alegré mucho de conocer a tu esposa y a tus dos hijas en Navidad. Mis hijos disfrutaron mucho del tiempo que pasaron con los tuyos. Te agradezco por habernos llevado a la pizzería y a comer helado en el Coppelia. A mi hija le encantan los vestidos que tu esposa le trajo. Tengo que seguir recordándole que se los ponga en ocasiones especiales solamente, pero nunca había tenido atuendos tan bonitos como esos. A ella también le encanta la muñeca, mientras que mi hijo no quiere jugar con el camión de bomberos que le trajiste. No quiere que se rompa y lo mantiene encima de la mesa de noche.

Por favor, saluda a tu hermosa familia. Tu esposa es una persona encantadora, y me alegré de ver que son felices.

Han pasado muchas cosas durante este último mes. El 4 de abril ocurrió algo inconcebible. Me parece que el regreso a la Isla de los cubanos en el exilio ha despertado a la gente de acá. Todos nos hemos dado cuenta de lo bien que les ha ido en comparación con los que nos quedamos atrás. Luego de tantos años, Cuba está estancada. La gente está cansada del deterioro de las condiciones de vida y la falta de libertad, por lo que un grupo de personas estrelló un autobús contra las rejas de la Embajada de Perú en La Habana para solicitar asilo político. La policía rodeó el área inmediatamente. Como sabes, el gobierno controla las noticias, por lo que los detalles son incompletos.

Debe de haber habido un diálogo que no dio frutos, entre los administradores de la embajada peruana y el gobierno cubano, porque por alguna razón, los guardias de la embajada fueron retirados. Poco después, miles de personas la inundaron para pedir asilo político. Se rumora que los oficiales de la embajada están renuentes a entregarles a los que habían irrumpido dentro de ella a las autoridades.

Los rumores vagaban por todas las calles de mi vecindario. Un grupo de vecinos se reunió en la casa de Laura. Debes recordarla. Su esposo se fue en 1968. En 1970, ella intentó suicidarse después de que el gobierno dejara de permitir que la gente se fuera, y ella y sus tres niños pequeños se quedaran aquí en Cuba. Han estado separados durante once años. Once años viendo a esos niños crecer sin su padre. La gente quería saber si ella planeaba ir para la embajada, pero no quiso exponer a sus hijas a esas condiciones. Se dice que hay tanta gente dentro que la comida se ha acabado y no hay donde hacer las necesidades fisiológicas, por lo que se está desarrollando una crisis humanitaria.

Sin embargo, después de una larga conversación, mi esposo decidió unirse a la gente de la embajada. Piensa que esa es la única forma que tendre-

mos para salir de Cuba algún día, incluso si él tiene que irse primero. No quería arriesgar a nuestros hijos. Mi hermano, el que estaba en edad militar y la razón por la que no nos fuimos, se fue con mi esposo. Temo por los dos.

Pocos días después, Castro salió en la televisión y dijo que cualquier persona en los Estados Unidos con familia en Cuba puede venir en barco al Puerto del Mariel para recogerlos. Nosotros no tenemos ningún familiar en el extranjero, pero con suerte, mi esposo y mi hermano encontrarán alguna manera de llegar a los Estados Unidos o a cualquier otro lugar.

Lamento haberte dicho tantas cosas. Necesito decírselo a alguien. Todavía te considero un amigo muy querido.

Dale a tu familia un gran abrazo de mi parte. Ámalos y cuídalos mucho. Ahora que mi esposo lleva unos días fuera de casa, su ausencia es palpable en cada rincón. Los niños y yo lo extrañamos mucho.

Te actualizaré cuando sepa algo.

Abrazos,

Maylin

La carta de Maylin me dejó al borde de mi asiento, pensando en su hermano y en su esposo. No podía detenerme ahora, por lo que busqué la siguiente carta.

Capítulo 19

31 de mayo de 1980

Querido Rolando,

Espero que al recibir esta carta tú y tu familia se encuentren bien. Quería hacerte saber que mi esposo nunca llegó a los Estados Unidos. Él y mi hermano se separaron cuando estaban en el Puerto de Mariel. Mi hermano llegó a Miami. Un familiar de uno de sus amigos que también pidió asilo político me llamó para decirme que estaba bien, pero nadie sabe nada de mi esposo. Mi hermano les dio su nombre a los funcionarios de inmigración para verificar si llegó. No pudieron encontrarlo.

Según mi hermano, mi esposo salió de Cuba el 26 de abril de 1980, durante una noche de tormenta. Es posible que haya muerto en el mar, pero quiero aferrarme a la esperanza de que todavía esté vivo. Necesito mantener viva la fe para los niños y para conservar mi cordura. Haber encontrado el amor y haberlo perdido dos veces en mi vida es más de lo que puedo soportar.

Esta es una carta corta. No puedo escribir más. Abrazos para ti y para tu familia.

Maylin

31 de mayo de 1980

Examiné la carta. En algunas partes, la escritura estaba manchada. Tal vez por las lágrimas de mi abuelo. Tal vez, por las de Maylin. Durante años, había hablado con Maylin y ni una sola vez había mencionado esta parte de su pasado. Siempre había sido educada y afable. Si hubiera conocido su historia, tal vez habría sido más amable con ella. Sus cartas me mostraban que nadie sabe realmente qué cruces llevan los demás.

Consulté mi *iPhone*, pero no vi ningún mensaje de Paulo. Estaba lista para otra carta.

Capítulo 20

30 de junio de 1987

Querido Rolando,

No puedo creer que mi hija ya esté cumpliendo quince años. Por favor, agradécele a tu esposa por los hermosos vestidos y el dinero que envió. Ella es una mujer excepcional.

Mis hijos extrañan a su padre. Ojalá hubiera estado vivo para que bailara con mi hija durante la celebración de su decimoquinto cumpleaños. En cambio, seré yo quien bailará con ella. Nadie puede tomar el lugar de su padre.

Extraño mucho a Carlos. A estas alturas, sé que nunca lo encontraré. Probablemente se ahogó en el mar. Solo espero que no haya sufrido. Mi hijo se parece mucho a su padre, y me hace feliz ver que parte de mi esposo todavía vive en mi hijo. Muy buen muchacho. También es muy ingenioso cuando las cosas se rompen en la casa.

¡Tantas veces he deseado haber podido criar a mis hijos en otro lugar! Desde que cumplieron trece años, el gobierno los ha obligado a trabajar en los campos, cada año, durante cuarenta y cinco días. Como madre, no tengo derecho a decirle al gobierno que no quiero que mis hijos estén lejos de mí ni que trabajen gratis. Me siento tan sola e indefensa

cuando me los envían lejos de casa a esos campos. Cuando se van, con el dinero que ustedes y mi hermano me envían, compro leche condensada en el mercado negro y la cocino en la olla de presión. Luego, viajo al campo para llevarles comida. Tengo que tomar varios autobuses y caminar largas distancias con una carga pesada. Al menos, sé que no pasarán hambre. No les gusta el arroz con gorgojos que sirven en el campamento.

Mi hijo se ha adaptado mejor a estar fuera de casa durante semanas, en parte porque no le importa cumplir con las cuotas que el gobierno les asigna. Mi hija las termina porque le gustaría ir a la universidad algún día y quiere tener un buen historial.

No te he contado esto, pero después de que terminó el éxodo del Mariel, Cuba se volvió irreconocible. La basura se acumulaba en las calles. Se había ido tanta gente, más de 125.000, que no había nadie que la recogiera. El gobierno enviaba camiones a los barrios para golpear a aquellos que querían salir de Cuba. Durante ese tiempo, alguien de La Habana murió a causa de una golpiza.

¿Recuerdas a Laura y sus tres hijos? Se fueron durante el Mariel. Te había contado en mi última carta que había estado separada de su esposo por años. Su hermana, quien vivía en la misma casa con su esposo y sus dos hijas, no se fue de inmediato. Su marido, siendo ingeniero, sólo porque quería irse del país, se vio obligado a trabajar en el parque cortando hierba con un machete. También tuvo que recoger la basura que se había amontonado después

del éxodo del Mariel. Me alegré cuando finalmente pudieron irse en 1982. Ahora, una anciana vive en su casa.

Por cierto, con el dinero que nos enviaste, organizaré una pequeña celebración para mi hija en casa. Te enviaré fotos. Está muy emocionada por su decimoquinto cumpleaños.

Abrazos a ti y a tu familia,

Maylin.

Tomé un sorbo de café. Hacía frío. Agarré la siguiente carta, pero el papel era diferente, al igual que la escritura a mano. No era la letra de Maylin ni la de mi abuelo. Comencé a leer.

Capítulo 21

1 de octubre de 1994

Querida Maylin,

Probablemente te sorprenderá ver mi carta. Seguro que piensas —¿Por qué está la esposa del amor de mi vida escribiéndome? — Sin embargo, las circunstancias han cambiado, y esta vez, soy yo quien necesita tu ayuda.

He oído hablar de la situación en Cuba después de la caída de la Unión Soviética. La gente pasa hambre, se come los gatos y bebe agua con azúcar para el desayuno. La Unión Soviética subsidió fuertemente la economía de Cuba, y ahora que esos subsidios se agotaron, la gente está sufriendo más que nunca.

Como sabes, el "Período Especial" ha sido devastador, tanto que, a principios de este año, el 5 de agosto, cientos de cubanos se reunieron en la Explanada de la Punta en La Habana y por primera vez protestaron contra el sistema. Perdieron el miedo. Creo que llamaron a este evento "El Maleconazo". Por supuesto, la policía tomó el control de la zona, y el éxodo masivo de balsas se ha intensificado.

Esto me lleva a la razón de mi carta. Sé cuánto querías a mi esposo. Pude notar el amor que to-

davía existía entre ustedes cuando nos conocimos en La Habana. Aquí está mi propuesta. Me han diagnosticado una forma agresiva de cáncer. Puede que dure uno o dos años. No sé. Te estoy enviando algo de dinero con un amigo, para que puedas encontrar una manera de salir con tu familia. Por favor, no arriesgues tu vida. Asegúrate de que el bote tenga un motor. Este dinero te permitirá comprar todos los suministros que necesitas para que vengan. Los Estados Unidos tienen una política de "pie seco/pie mojado". Así es como lo llamamos. Esta política les permite a los cubanos quedarse una vez que toquen tierra.

Sobre mi enfermedad, sé que mi esposo quedará destruido el día que yo no esté. Necesita estabilidad. La guerra y todas las cosas que sucedieron en su vida lo impactaron enormemente. Cuando lo conocí, supe que era un hombre quebrado. Me enamoré de él en el momento en que lo vi y quise repararlo. Creo que lo arreglé lo suficiente como para que pudiera funcionar, pero mi tiempo con él está llegando a su fin. Le doy las gracias a Dios por los años que hemos pasado juntos, por mis hijas, por mi nieta Lena, a quien no veré crecer por esta enfermedad que poco a poco me está robando la vida. Necesitará una abuela. ¿Quién mejor que tú?

Por favor, trae esta carta y todas las cartas que mi esposo te ha enviado a través de los años. Será un testimonio de la fuerza indestructible de un amor que ningún sistema político pudo destruir. Al final, el amor es todo lo que tenemos. Siempre gana.

1 de octubre de 1994

Como mujer que está al final de su vida, debo confesar que estaba celosa del amor que ustedes dos compartían. Descubrí algunas cartas que le habías enviado y que conservaba. Le pedí que las preservara, ya que eras una parte importante de su vida. ¿Y quién sabe? Tal vez lo vuelvas a ser.

Por favor, cuídate. Espero poder estar viva para cuando llegues aquí. Envíales un abrazo a tus hijos. Su padre murió en el mar tratando de liberarlos. Ahora espero que Dios me permita terminar su tarea.

Abrazos y bendiciones,

Matilda

Nunca había visto esta carta de mi abuela. Leer sus palabras llenó mis ojos de emoción. ¿Cómo podría haber amado tanto para hacer esto? ¿Qué pasó después? Necesitaba saberlo.

Volví a llamar a tía Rita. Esta vez ella respondió. Necesitaba verla, pero primero, decidí leer la última carta.

Capítulo 22

La última carta

Extraje la última carta con anticipación. Reconocí la escritura. Era de Maylin. Me recliné y comencé a leer:

15 de diciembre de 1994

Querida Matilda,

Lloré tanto cuando leí su carta, y por mucho que me gustaría que mi familia lograra vivir en libertad, no quisiera que usted incurriera en estos gastos. Le prometo que le devolveré a su familia el dinero que me ha enviado.

Estoy orando todos los días para que los médicos encuentren una cura y puedan devolverle la salud. Los Estados Unidos, por lo que tengo entendido, tienen muchos adelantos médicos, así que no pierda las esperanzas. Debe luchar por su vida. No olvide que los milagros ocurren todos los días. Estoy segura de que ha visto muchos durante su carrera como enfermera.

Si algo le pasara, prometo apoyar a Rolando como una buena amiga. Han pasado demasiados años, y ninguno de nosotros es la misma persona. Ahora lo quiero como a un amigo, aunque recuerde con cariño los años que pasamos juntos y las ilusiones de juventud que compartimos. Tuvimos tantos sueños y todos fueron destrozados por el tiempo y la política, pero ambos logramos reconstruir nuestras vidas. Yo soy su pasado. Usted es su presente. Sin embargo, tenga la seguridad de que, si hay algo que pueda hacer para ayudarlo a él y a su familia, lo haré. Eso es lo menos que puedo hacer.

Sé que no tiene hermanos. Sin embargo, si puedo llegar viva a los Estados Unidos, la cuidaré como a una hermana.

El imaginarme las últimas horas de vida de Carlos en medio del océano, sin nadie que pudiese ayudarlo, me hace temer por mi propia vida y la de mis hijos. Muchos de mis compatriotas han muerto en el mar, pero mis hijos insisten en que debemos arriesgarlo todo y dicen que quedarse aquí ya no es una opción.

Heredaron la intrepidez y la determinación de su padre.

Mi hijo ya ha comenzado a asegurar lo que se necesita para nuestro viaje, pero tengo muchas dudas. Esta vieja casa es todo lo que conozco. Dentro de sus paredes encontraron refugio los recuerdos de mis padres, los recuerdos felices de mis primeros años de matrimonio y el nacimiento de mis hijos. Cada rincón de este lugar me recuerda un momento feliz. El solo pensar en que nunca la volveré a ver me estremece. Además, nunca imaginé la libertad sin mi esposo. ¡Me siento tan perdida sin él!

Mi hija cumplió veinticuatro años este año. ¡Mis hijos me están haciendo sentir tan vieja! El novio de ella quiere ir con nosotros. Dios sabe que necesitaremos de su ayuda. Es pescador y sabe de navegación. Es increíble cómo algunas personas entran en nuestras vidas en aquellos precisos momentos en los que más se necesitan.

Bueno, ya he dicho lo suficiente. No quiero aburrirla con todas mis divagaciones y tengo que ir a preparar la cena. Oraré para que Dios me guíe y me permita tomar las decisiones correctas y ayude a sus médicos a encontrar una cura para su enfermedad.

Un fuerte abrazo para usted y su hermosa familia.

Maylin

Terminé de leer la última carta y sentí una sensación extraña en mi interior. Las cartas contenían mucha sabiduría sobre la condición humana, el efecto del paso del tiempo y el impacto de las decisiones que tomamos. Me hicieron darme cuenta de que me encontraba en una encrucijada crítica en mi propia vida, una bifurcación en el camino. Sin embargo, aún no sabía cuál sendero tomar.

Capítulo 23

Abuela Matilda

Sentadas en el sofá en casa de mi abuelo, tía Rita y yo mirábamos fotos antiguas de un álbum. Mientras tanto, mi abuelo se mecía en su sillón, leía la revista *The Economist* y nos miraba de vez en cuando. No era la primera vez que veía estas fotos, pero el conocer la historia de mi abuelo a través de sus cartas hacía que las imágenes fueran más significativas. El viejo álbum me hizo pensar en lo mucho que los tiempos cambiaron. En el 2021, ya nadie guarda álbumes de fotos, sino en *Facebook*, *Instagram*, *Twitter* y *iPhones*. ¿Qué pasaría si las redes sociales y los *iPhones* dejaran de existir? Tan remoto como la noción pareciera, todavía estaba dentro del ámbito de las posibilidades.

—Estos son tus abuelos cuando se casaron en la Iglesia de San José. Tu abuelo se veía tan delgado en aquel entonces.

—¿Por qué todos me llaman gordo? —Mi abuelo protestó. Tía Rita rodó los ojos hacia arriba y lo ignoró.

—¡Mi abuela Matilda era tan hermosa! Me encanta su cabello castaño largo y ondulado. Y tenía los ojos de una mujer buena. Ahora, al leer las cartas, sé cuánto quiso a mi abuelo.

—Tuve la suerte de tenerla en mi vida, especialmente justo después de la guerra —dijo mi abuelo.

—Al leer su carta sentí como si estuviese hablando con ella y me ayudó a visualizar el tipo de persona que fue. Tus cartas, abuelo, me ayudaron a apreciarte mucho más.

—¿Entonces no me apreciabas antes? —dijo mirándome por encima de sus espejuelos.

—Sabes a lo que me refiero. Por cierto, no sé si viste que cuando llegué dejé la caja de cartas encima de la mesa del comedor. Estabas en el baño.

—Puedes quedarte con ellas —dijo.

—¿De veras?

—Sí. Serás la historiadora de la familia. Cada familia necesita una.

—Muchas gracias. Prometo cuidarlas. Tengo una pregunta.

—¿Qué más quieres saber? Sabes más sobre mí que mi propia hija.

—¿Fuiste feliz con mi abuela?

Respondió rápidamente: —Matilda me hizo muy feliz. Era una esposa y madre cariñosa y reflexiva. Como enfermera en el hospital de veteranos, había visto muchas calamidades; sin embargo, nunca permitió que esas experiencias afectaran a su familia. A pesar de esta determinación, a veces, cuando había perdido a un paciente, la encontraba llorando en el baño. No fue fácil para ella separar su papel como enfermera de su papel como ser humano.

—Eso, probablemente, fue lo que la convirtió en una gran enfermera.

—Lo fue.

—¿Dónde nació?

—En La Habana, pero su padre mudó a la familia a los Estados Unidos cuando ella tenía cinco años. Él fue un pequeño negociante, dueño de tiendas de ropa. La mamá de Matilda murió de cáncer cuando ella tenía doce años. Es por eso por lo que se dedicó al campo de la salud.

—¿Y su papá se volvió a casar?

—Cuando ella tenía quince años, pero nunca se llevó bien con su madrastra, quien era una mujer mucho más joven que su padre. Aunque no tuvo hermanos del primer matrimonio de su papá, la madrastra tuvo un bebé cuando ella tenía diecisiete años. No se sintió muy querida por su padre después de eso, y a los dieciocho años, se mudó y compartió un apartamento con sus amigas. Trabajó y se educó prácticamente sin apoyo de nadie. Así era ella.

—Abuelo, ¿y tú y abuela alguna vez visitaron a los amigos que conociste en Vietnam?

—No los fui a ver con tu abuela. Eso vino mucho después, luego de la muerte de Matilda.

Yo era demasiado pequeña cuando mi abuela Matilda nos dejó. La conocí solamente a través de fotos que ahora se humanizaban frente a mis ojos. Luego de mirar las fotos, tía Rita me dijo que abuela Matilda esperó a que Maylin y su familia llegaran de Cuba.

El bote de Maylin se dañó en el mar, y casi no llegaron con vida ni ella, ni su familia. Afortunadamente, un grupo de pescadores los encontró justo a tiempo para salvarlos. Maylin siempre le agradeció a Matilda que, gracias a ella, el sueño de Carlos se hubiera materializado. Maylin mostró su gratitud visitando a mi abuela al menos dos veces por semana, mientras comenzaba su nueva vida en los Estados Unidos.

—El hospital hizo todo lo posible para salvarla —dijo tía Rita—. Ella fue como un familiar allegado para todos los que conoció. Sus compañeros de trabajo la querían mucho y lucharon por ella, pero al final, los médicos perdieron la batalla. Matilda murió a menos de un año desde su diagnóstico inicial. Cuando falleció, tu abuelo, tu mamá y tu tío estuvieron a su lado.

Maylin y sus hijos también la visitaron unas horas antes de que tomara su último aliento.

—Durante la visita de Maylin, tu abuela les pidió a todos que salieran de la habitación por un momento. Quería hablar con Maylin a solas. Maylin luego me contó lo que le dijo —mi abuelo explicó.

—El final está cerca —dijo—. Prométeme que estarás al lado de Rolando. Él te necesitará.

Maylin prometió que lo haría.

Unos meses después de su llegada de Cuba, Maylin encontró un trabajo en la oficina de una empresa de vidrios, propiedad de uno de los amigos de mi abuelo. Ella y mi abuelo fueron buenos amigos al principio. Mami estaba celosa de ella. No quería que nadie tomara el lugar de mi abuela, pero después de ver a su padre desmoronarse varias veces frente a ella, le pidió a Maylin que lo ayudara. Con el tiempo, su relación evolucionó, y mi madre la aceptó a regañadientes.

Tres años después de la muerte de mi abuela Matilda, mi abuelo y Maylin se casaron durante una pequeña ceremonia en las cortes de Tampa. Maylin se convirtió entonces en Nana, la única abuela que recuerdo. Después de leer las cartas y aprender sobre el amor que existía entre mi abuelo y Maylin, ahora entendía por qué, a veces, mamá parecía resentir a Nana.

Durante las fiestas familiares, Maylin preparaba grandes cenas para toda la familia, la suya, de su primer matrimonio y la nuestra. Trajo mucha alegría a las celebraciones, pero hubo momentos en que encontré a mi madre perdida en sus pensamientos.

Después de que Maylin y mi abuelo se retiraron, compraron una pequeña casa rodante y viajaron por todos los Estados Unidos, visitando aquellos lugares de los que mi abuelo había oído hablar durante la guerra. Incluso pudo reconectarse con algunos de sus amigos. Abuelo y Nana nos enviaban postales de cada ciudad que visitaban: New Orleans, Birmingham, San Francisco, Chicago, Austin y tantas otras que perdí la cuenta.

También tuvieron desventuras, como cuando su *RV* se rompió en el área montañosa de *Smoky Mountains*, y tuvieron un encuentro cercano con un oso negro. En otra ocasión, alguien intentó irrumpir en su casa rodante en medio de la madrugada. Ambos estaban dormidos, pero el sonido de unos pasos afuera despertó a mi abuelo, quien era de un dormir ligero. Él siempre llevaba consigo un arma y ganó el altercado con el intruso. De hecho, su historia llegó a los periódicos locales.

Mi abuelo y Nana me enviaban osos de peluche de diferentes ciudades, hasta cuando era adulta. Tenía una colección que guardaba junto al primer oso pardo que mi abuelo me regaló.

—Así que dime qué está pasando con tu vida. ¿Algún novio? —Me preguntó mi abuelo.

—No, abuelo.

—No quiero involucrarme en los negocios de nadie, pero la vida está destinada a ser compartida. Esta nueva generación, criada en este país, no ha pasado mucho trabajo. Temo por los jóvenes de hoy. Ahora llega esta pandemia y no están listos.

—Ya resolverán sus propios asuntos —dijo tía Rita—. Recuerda que nadie aprende de las experiencias de los demás.

—Tal vez deberíamos—le dije—. Creo que aprendí mucho con las cartas de mi abuelo.

—Espero que sí —dijo él apoyando la barbilla entre los dedos índice y el del medio—. Dime si me equivoco. Tu mamá está tratando de que te juntes con Mark, y Paulo quería que regresaras con él, pero le diste la espalda, y ya no te llama —dijo.

—¿Cómo lo sabes?

—Soy viejo, pero no sordo.

—¿Qué debo hacer?

—Solo tú puedes decidir —dijo tía Rita.

—Creo que destruí la oportunidad de volver con Paulo.

—Paulo es un hombre de verdad, el tipo de hombre con el que no se juega —dijo mi abuelo—. Ese hombre ha mirado al mismísimo diablo a los ojos.

—¿Qué quieres decir? —le pregunté.

—Hablé con él sobre su vida. Hay cosas que compartió conmigo que me ayudaron a entender que no podrás empujarlo como si fuera un juguete. El día que lo decepciones, te dará la espalda y nunca lo volverás a ver.

Mis ojos se abrieron de par en par.

—Cuando dijiste que ha mirado al diablo a los ojos, ¿a qué te referías?

Mi abuelo respiró hondo.

—Fue testigo del brutal asesinato de su hermano cuando era un niño. No hay nada peor que ver a alguien que quieres ser asesinado sin que puedas hacer nada al respecto. Eso te define por el resto de tu vida.

Me tapé la boca con la mano.

—Nunca me lo dijo.

—A los hombres de verdad no les gusta ser percibidos como débiles.

—Vulnerable y débil son dos cosas diferentes.

—No de la manera que yo lo veo.

—No sé cómo solucionar esto.

—Dijiste que aprendiste algo de mis cartas. ¿Qué aprendiste?

—Que realmente no podemos hacer planes, que las circunstancias fuera de nuestro control pueden cambiar esos planes en un abrir y cerrar de ojos.

—¿Es eso todo lo que aprendiste?

—Aprendí que a veces la vida puede darnos una segunda oportunidad.

—Solo ten en cuenta que las segundas oportunidades no están garantizadas. A veces, nunca vienen—hizo una pausa por un momento y luego agregó: —¿Algo más?

—¿Es esto un cuestionario?

—Solo quiero saber si estabas prestando atención.

—Aprendí sobre el poder del amor y sobre lo que la gente está dispuesta a hacer por amor.

—Muy bien —dijo y se ajustó los espejuelos de nuevo—. Parece que estamos llegando adonde quería llegar.

—Entonces, debo preguntarme, ¿estoy enamorada? Y de ser así, ¿qué estoy dispuesta a hacer por amor?

Permaneció en silencio.

—Debo irme ahora —dije levantándome.

—¿A dónde vas? —preguntó tía Rita.

—Te llamaré más tarde. Tengo algo que hacer.

—No te olvides de llevarte las cartas —dijo mi abuelo.

Capítulo 24

Mis padres

Mamá estaba en el cuarto de la lavadora doblando ropa cuando llegué. Llevaba una blusa rosada sin mangas y pantalones *beige* ajustados que acentuaban sus curvas. Aunque tenía más de cuarenta años, parecía más joven. No podía quedarse quieta, siempre estaba haciendo algo por la casa, incluso después de que mi padre le pedía que se sentara a su lado para ver la televisión. Se sentaba por un rato, esperando a que mi padre, aburrido, abriera su *iPad* y comenzara a navegar por *Facebook* o *Twitter*. Entonces, ella se levantaba y anunciaba que se le había olvidado hacer algo.

—Pero estábamos viendo este programa juntos —decía mi padre.

—¡No estás viendo nada! Estás en *Facebook*. Tú sigues con *Facebook*, y yo iré a hacer algo en la casa. ¡No se va a limpiar sola!

En cuanto mamá me vio, dejó de doblar la ropa y se volvió hacia mí con los brazos abiertos.

—Hola, cariño. Qué bueno que viniste. Siempre estás ocupada, o en el trabajo, o con tus amigas, o en casa de tu abuelo.

Le di un beso en la mejilla, el cual me devolvió.

—A veces, es difícil buscar el tiempo. Necesito venir más a menudo. Tienes razón.

—No te preocupes. Te entiendo. No estoy acostumbrada a que seas una adulta. Para mí, siempre serás mi niña.

—Lo sé, mami —coloqué mi cabeza sobre su hombro. Tenía su cabello rubio recogido en un rabo de mula, con los primeros indicios de raíces oscuras apareciendo en la partición.

—¿Quieres un poco de arroz con leche?

—No, gracias. Necesito cuidar de mi peso.

—No sé por qué estás tan preocupada por tu figura. Te ves encantadora —acarició mi cabello castaño—. Bueno, vamos a la sala.

—Y papi, ¿está aquí?

—Fue a *Publix* a comprar leche y huevos, pero volverá pronto.

—Bien, es mejor si hablamos a solas. Es importante.

—¿Está todo bien?

—Sí, solo quiero conversar contigo. Eso es todo.

—Me estás asustando. No estás embarazada, ¿verdad?

—No, no estoy embarazada.

—Gracias a Dios—dijo rodando los ojos hacia arriba—. Nunca querría que mi hija quedara embarazada antes del matrimonio. Eso sería un sacrilegio.

Respiré hondo y caminamos hacia la sala. Nos sentamos una al lado de la otra en el sofá.

—Olvidé decirte algo —dijo—. Julio llamó.

—¿Tío Julio?

—No sé por qué insistes en llamarlo 'tío Julio'. Es el hijo de Maylin. Él no tiene nuestra sangre.

—Siempre me ha tratado como a su familia. Deja de ser tan celosa.

—¿Celosa? ¿Yo? —señaló a su pecho y engurruñó las cejas. Como permanecí en silencio, ella suavizó su expresión, elevó ligeramente la cabeza y agregó: —Cambiando el tema. Tu abuelo quiere que toda la familia se reúna esta Navidad. Le digo que todavía es demasiado pronto. Esta pandemia no ha desaparecido. Pero insiste. Me dice que puede que no esté presente el próximo año. Es su forma de conseguir que yo haga lo que él quiere.

—Suena como alguien que conozco. Entonces, ¿quiénes vienen?

—Bueno, tuve que invitar a la familia de Maylin, a su hijo e hija y a sus familias. ¿Y adivina qué? Julio tiene una hija más de otra mujer. La hija apareció inesperadamente.

—¿Otra?

—Esta es el número cinco. No sé cómo su esposa puede tolerar tantos hijos de tantas mujeres diferentes. Está tratando de crear sus propias Naciones Unidas. La mayoría de estos niños los tuvo cuando era adolescente, e iba a clubes, durmiendo con todo lo que caminaba. Algunas de esas mujeres estaban casadas.

—¿Cómo sabe que son suyos si estaban durmiendo con otros?

—Algunas simplemente lo sabían, aunque pudieron ocultarlo de sus maridos. Tuvo un hijo con una rusa, una china, una irlandesa, su esposa cubana y la adición más reciente es nigeriana.

—¿Nigeriana?

—Sí, comprobado por el ADN como los demás.

—¿Qué sabes de ella?

—Es una hermosa joven. Tiene veintitrés años y va a la universidad de Harvard. Está estudiando Derecho.

—¿Y todos van a estar aquí en las Navidades?

—Todos. ¡Los cinco hijos! Esa esposa suya es una santa.

—Hablando de ADN. Me hice la prueba a través de *23andMe*.

—¿Por qué hiciste eso?

—Quería saber mi origen étnico.

—No tenías que hacerte una prueba para eso. Podrías haberme preguntado. Eres descendiente de españoles. Eso es todo.

Me reí.

—Bueno, ¿cuándo me vas a mostrar los resultados? —preguntó.

—Un poco más tarde. Primero quería hablar contigo sobre otra cosa.

—¿De qué?

—Paulo.

Movió la cabeza de lado a lado y apretó los labios.

—Pensé que habías terminado con él.

—Sí, pero rompí con él porque estaba cansada de escuchar la manera en que lo menospreciabas y lo criticabas.

—Nunca dijiste nada.

—Sí, tienes razón. Ese ha sido mi problema todo el tiempo. Nunca digo nada. Sabes, recientemente, leí las cartas que mi abuelo guardó durante tantos años.

—¿Qué cartas?

—Cartas entre Maylin y él.

—Nunca supe de ninguna carta.

—Entonces, no conoces a abuelo como yo. Sus cartas me enseñaron mucho. Me enseñaron a luchar por lo que quiero. Y lo haré.

—¿Por qué me miras así?

—¿Cómo?

—Como si yo fuera tu enemiga. Todo lo que he hecho es adorarte y querer lo mejor para ti. No quiero que desaparezcamos. No quiero que desaparezca nuestra identidad, el quién somos, ni quién es mi padre. Eso sucederá si te casas con alguien que no es como nosotros.

—Tienes miedo. Por eso no quieres que esté con Paulo. Sé quién soy. El abuelo siempre me lo ha recordado. ¿Recuerdas cuántas veces me tocó 'Guantanamera' en su guitarra mientras cantaba? Conozco casi todas las canciones de su generación. Transmitiré ese conocimiento a mis hijos. No necesitas preocuparte por eso.

—Es más que eso.

—¿Qué es?

—Ese hombre. ¿Lo has mirado bien? No sabemos mucho sobre él. Lo más probable es que sea un izquierdista.

—Mami, él es capitalista, hasta más que nosotros. Construyó su propio negocio desde cero. Contrató a muchos hombres y contribuyó a esta economía. No es socialista.

—¿De dónde son sus padres?

—Brasil, una nación que es una mezcla de muchas naciones. ¿Por qué eso importa tanto?

—Venimos de España, la madre patria. Debemos estar con personas como nosotros.

Miré hacia abajo y permanecí en silencio por un momento. Luego, abrí mi bolso, extraje un pedazo de papel doblado y se lo di.

—¿Qué es eso?

—Mis resultados de *23andMe*.

Ella me miró con desconfianza antes de desplegarlo, luego lo leyó en silencio. Pude ver su cara ponerse roja.

—Eso es lo que soy, mami.

Me devolvió el papel.

—Esos resultados deben ser erróneos. Tú no eres 9% indocubana, ni tienes ascendencia nigeriana.

—¿Cómo lo sabes? ¿Alguna vez has hablado con mi padre sobre sus ancestros?

Escuchamos abrirse la puerta del garaje, y momentos después, la puerta lateral que conducía del garaje a la casa se abrió. Mi padre, vestido con un pulóver azul y un par de pantalones cortos blancos que exponían sus fuertes piernas, apareció. Llevaba dos bolsas llenas de comestibles. Mi madre se puso de pie, me quitó el papel y caminó hacia mi padre.

—Alberto, tu hija me acaba de dar esto que sugiere que ella es 8% nigeriana y 9% indocubana. Pensé que tu familia era toda de España.

Mi padre comenzó a reírse mientras caminaba hacia el comedor con las bolsas. Noté la sonrisa en su rostro mientras vaciaba las bolsas.

—¿Realmente pensaste eso?

La miró esperando una respuesta. Como ella no dijo nada, él detuvo lo que estaba haciendo, haló una silla del comedor y se sentó. Mi madre se sentó frente a él.

—Me dijiste que tu abuelo era de España —dijo tratando de parecer tranquila.

—Lo era. Se enamoró de una mujer que era en parte indígena-cubana y parte africana. Tuvieron a mi padre, de piel clara como mi abuelo, pero al ver cómo la gente la trataba, mi abuela insistió en que su hijo debería ocultar que su madre era negra. No quería que su hijo pasara por lo que ella pasó, ni que no se le permitiera entrar en fiestas por el simple hecho de que su madre era negra.

—Nunca me mostraste ninguna foto de ella —dijo mamá.

—Ella no permitió que nadie le tomara una foto.

Mis ojos se llenaron de lágrimas.

—Dios mío, papi. Eso es muy triste.

Mi padre respiró hondo.

—¿De qué se trata todo esto? —preguntó—. ¿Por qué de repente el ADN de nuestra hija se ha convertido en algo importante?

—Tu hija todavía tiene sentimientos por ese brasileño.

—Y no te gusta porque no se parece a nosotros.

—No es tan simple como lo pones.

Mi padre la miró a los ojos.

—Será mejor que guarde lo que traje de la tienda.

Luego, mirándome, agregó: —En lo que a mí respecta, puedes estar con quien desees.

—Pensé que estabas de acuerdo con mami —le dije.

—Nunca dije eso.

—Nunca le impediste que le hiciera la vida imposible a Paulo.

—Tienes razón. Debería haberlo hecho.

Mamá se cruzó de brazos.

—Entonces, ¿ahora soy yo la mala? —dijo.

Hizo una pausa y miró hacia el suelo enojada.

—Me voy a mi habitación. Me duele la cabeza. En lo que a mí respecta, puedes hacer lo que quieras. No daré más mi opinión. Siempre he querido lo mejor para ti. Si quieres tirar nuestra cultura por la ventana, pues adelante. ¡Ya me cansé de ayudarte!

Mamá se puso de pie y salió abruptamente del comedor. Momentos después, cerró la puerta de su dormitorio.

Agarré la leche y los huevos de la mesa y los llevé al refrigerador. Luego, me senté frente a mi padre.

—¿Qué debo hacer?

—¿Qué quieres hacer?

Estiré los brazos sobre la mesa.

—No lo sé. Parte de mí piensa que esto no terminará, que ella siempre estará molesta si me quedo con Paulo.

—Mira, durante los tres años que estuviste con ese hombre, nunca me preguntaste nada. Nunca te dije nada. Todo lo que he hecho es trabajar para darte la mejor vida que podía darte. Tal vez cometí un error. Te di demasiado. Simplemente no sabes cómo luchar por lo que quieres. Estás acostumbrada a que te lo demos todo.

—Dios mío, papi. Dime cómo te sientes realmente.

—Es cierto, mi princesa. Ese fue mi error. ¿Amas a ese tipo?

—Sí, papi. Desde el momento en que lo vi.

—¿Crees que te ama?

—Lo creo.

—¿Qué estás esperando? Empatizo con Paulo. Tu abuelo, Paulo, y yo compartimos una cosa en común. Y Lena, no me mires de esa manera. Tu abuelo me contó lo que Paulo le había dicho. Sé que vio el asesinato de su hermano, quien fue apuñalado varias veces por una pandilla cuando Paulo era un niño. Al igual que tu abuelo y yo, él ha mirado a la muerte en el rostro.

—¿Tú?

—Sí, cuando salí de Cuba y nuestro barco se rompió, estuvimos en el mar durante días. La comida se agotó. El agua se agotó. Uno de los hombres que venía en el bote conmigo, como todos nosotros, comenzó a tener alucinaciones, a ver cosas que no estaban allí. Y simplemente se tiró al mar y desapareció. Ninguno de nosotros tenía la suficiente energía para ir tras él. Si no hubiera sido por un bote de pescadores que pasó por allí, no estaría aquí contándote la historia.

—Maylin pasó por lo mismo. No entiendo cómo esa historia se aplica a mi situación.

—El punto es que los tres compartimos ese vínculo. Hablamos el mismo idioma. Somos sobrevivientes. Las personas como nosotros podemos amar con todo nuestro corazón, pero podemos alejarnos fácilmente porque tratamos a toda costa de defendernos del dolor. És un mecanismo de defensa. Haz lo que sea correcto para ti, sin importar lo que diga tu madre o nadie. Eres una mujer adulta, que trabaja y paga su alquiler, e incluso ayudas a tu abuelo. Tienes un buen corazón. Sigue tu corazón.

Me levanté, caminé hacia mi padre y le di un fuerte abrazo.

—Gracias, papi.

—Las mujeres a veces hacen la vida tan complicada.

Me sonreí. —Lo siento. No quise ponerte las cosas difíciles.

—Está bien. Me mantendré alejado de tu mamá hasta que esté lista para hablar. Ahora dejaré que analice lo sucedido.

Pensé en despedirme de mamá, pero me di cuenta de que papá tenía razón. Ella necesitaba tiempo a solas.

Capítulo 25

Cena para dos

Durante una semana, le envié a Paulo varios mensajes de texto, pero no me contestó. Su silencio era peor que si me hubiera dicho que no lo volviera a molestar. Además, luego de trabajar todo el día, al regresar a mi apartamento sentía un gran vacío. Necesitaba salir de la rutina y Maggie, sin saberlo, me ayudó a hacerlo.

Luego de que Maggie aprobara dos partes del examen de CPA, la invité a cenar al restaurante Columbia en la histórica ciudad de Ybor City. Era el lugar favorito de Paulo. Desde el momento en que entré al restaurante y escuché las risas y las animadas conversaciones, me di cuenta de que debería haber ido a otro lugar.

Antes, cuando Paulo y yo éramos novios, yo me sentía muy feliz al venir a Columbia. El edificio histórico, construido en 1905, me llevaba a la tierra de mis bisabuelos. Era el restaurante español más grande del mundo, una joya de la arquitectura española, desde sus elaborados azulejos hasta su patio interior, rodeado por balcones arqueados. Esta era nuestra área favorita, pero durante mi visita con Maggie, cuando el camarero nos llevó a esa zona, le pedí que nos llevara al lado opuesto, cerca del bar.

—Esta parte es tan hermosa —dijo Maggie, quien traía un atractivo vestido de cóctel de color negro.

No tuve más remedio que quedarme.

—Entonces, ¿cómo van los preparativos para celebrar la Navidad? —preguntó después de ordenar nuestras bebidas.

—Sabes cómo es mami. Está estresada, preguntándose dónde va a acomodarnos a todos. Hasta Julio viene con sus cinco hijos, incluyendo la más reciente.

—¿Cinco? ¿De dónde es el último?

—La joven es de ascendencia nigeriana. Cinco niños y cinco madres diferentes. ¿Qué quería lograr Julio antes de casarse finalmente con su esposa cubana? ¿Poblar el mundo? No sé cómo su esposa acepta que aparezcan hijos de todas partes del mundo, cuando menos los espera.

—Parece que vas a tener una fiesta fantástica, pero tu mamá tiene razón. ¿Dónde van a ubicar a todas esas personas?

—Mis padres son dueños de una casa con cuatro dormitorios en la subdivisión *Country Place* en Carrollwood, y viven, como sabes, cerca del parque *Country Place*. Los invitados pueden dejar sus vehículos allí y luego caminar hasta la casa, que está a solo una cuadra de distancia. Además, algunos de nuestros vecinos tendrán sus autos en el garaje y nos dejarán utilizar sus espacios para estacionar. Mi padre es muy ingenioso y está preparando el patio para la fiesta.

—Deben solicitar un permiso especial en el parque si planean mantener los autos allí hasta tarde en la noche.

—Es el parque del vecindario, pero estoy segura de que mamá está manejando todos esos detalles.

—Me encantan las familias grandes. Todo suena muy emocionante. Tu Nana organizaba esas grandes celebraciones, y ahora tu mamá continúa la tradición.

—Bueno, el año pasado, con el COVID en pleno apogeo, nos celebramos la Navidad, aparte de una pequeña cena en casa. Además, Nana acababa de fallecer. Creo que es por eso por lo que este año, a mi abuelo se le ocurrió la idea de hacer una gran fiesta en su honor.

—Será maravillosa. Estoy segura, especialmente si tu abuelo toca su guitarra.

—Seguro que lo hará. Le encanta cantar canciones cubanas acompañado de su guitarra acústica.

—Tu abuelo parece ser una persona muy especial —dijo.

Asentí con la cabeza y un rostro sonriente. Maggie comenzó a examinar nuestros alrededores.

—Me encanta este restaurante. Es impresionante.

—Pensé que habías estado aquí antes.

—No, es mi primera vez. Siempre he visto el edificio, pero nunca había entrado.

Hizo una pausa y comenzó a leer el menú.

—Entonces, ¿qué me recomiendas?

—La paella es excelente y también lo es el pollo salteado, los dos platos favoritos de Paulo aquí.

—¿Qué tiene el último plato que mencionaste?

—Pollo salteado con salchichas españolas, papas y deliciosas especias. Muy rico. Lo sirven con arroz amarillo, pero Paulo siempre pide plátanos para acompañarlo.

—Me parece excelente. Lo voy a ordenar.

—Y yo también.

—¿Has sabido algo de él?

—No, varias veces le he enviado mensajes de texto, pero nada. Mi abuelo tenía razón. Es un hombre de verdad. Jugué con sus sentimientos y lo perdí.

—Lo siento mucho.

—Yo también. Pero bueno, hablemos de ti. ¿Cuándo piensas tomar las dos siguientes partes del examen?

—Ahora estoy tomándome un pequeño descanso de una semana o dos, e inmediatamente continuaré con los estudios. Tengo deseos de terminar.

—Y luego, tendrás muchas opciones de trabajo.

—Esa es la idea. Estoy estableciendo contacto con personas de diferentes empresas en las que me gustaría trabajar después de terminar.

—Eso es genial. Tal vez yo debería hacer una maestría en contabilidad. Así tendré algo que hacer. Además, mi empleador ofrece reembolso de matrícula.

—Creo que lo deberías hacer, Lena. Tu padre estaría muy orgulloso de ti.

—Lo sé, pero necesito motivarme.

—Seré tu motivación —dijo—. Vamos, puedes hacerlo. Es como dice tu padre, 'un año o dos de trabajo duro para toda una vida de recompensas'.

—Probablemente tengas razón. Volver a la universidad mantendrá mi mente ocupada.

—¿Quién sabe? ¿Tal vez encuentres al próximo Paulo?

—¿El próximo Paulo? ¿En una clase de Contabilidad? No creo. Además, nunca me casaría con un contador. Necesito algo de felicidad en mi vida.

—¡Eso me dolió! —dijo.

—¡No me refiero a ti! No eres aburrida, pero la mayoría de los hombres que conozco que trabajan como contadores lo son. Tal vez es mi experiencia personal y no un reflejo de la realidad.

—Estoy segura de que la profesión no tiene nada que ver con la personalidad.

—Si tú lo dices...

Maggie y yo disfrutamos de una conversación animada durante la cena. Su compañía me ayudó a romper la rutina, algo que realmente necesitaba. Mientras caminábamos de regreso a nuestros autos, ella me agradeció por la cena y me preguntó: —¿Has considerado escribirle una carta a Paulo?

—¿Una carta?

—Sí, como las cartas de amor desde Cuba que leíste. Bueno, no solo desde Cuba...

—No, no he pensado en una carta.

—Podría despertar su curiosidad.

—No sé. No quiero lucir desesperada.

—¡Pero lo estás!

—¿Qué quieres decir?

—Sé que solo te conozco desde hace tres años, pero soy buena analizando a las personas.

—No sabía que tenías una especialización en Psicología.

—¡Estás imposible esta noche!

—Entonces, ¿qué has observado en mí?

—Eres miserable. No tienes vida. No sabes cómo reiniciarla. Te estás ahogando en la rutina. Bueno, ¿te analicé bien?

—Maggie, ¿soy tan transparente?

—Y un poco más —carcajeó.

—Nunca consideré escribirle una carta.

—Deberías. Dile cómo te sientes. Si no funciona, solo se perderá el tiempo que hayas dedicado a derramar tu alma en la carta.

—No lo sé...

—Piénsalo.

Le di un abrazo a Maggie antes de caminar hacia mi auto. Después de entrar e iniciar la marcha, pensé en su sugerencia. Luego, busqué una emisora de radio en español y subí el volumen.

Capítulo 26

La carta

Traté de mantenerme lo más ocupada posible. Cansada de trabajar sola desde mi apartamento, comencé a ir a la oficina, ahora que tenía esa opción. Muchos de mis compañeros de trabajo hicieron lo mismo. Era refrescante verlos en persona después de tanto tiempo. Iba al gimnasio y trabajaba en mis finanzas. Luego, al final de mi día, me comunicaba con una prima que residía en Cuba.

Ella era una de las amigas de *Facebook* de mi abuelo que había solicitado mi amistad el año anterior. Solo habíamos intercambiado un puñado de mensajes en *Messenger* para tratar de entender desde dónde venía nuestra relación. Después de hablar de ella con mi abuelo, llegué a la conclusión de que Esperanza (su nombre) y yo éramos primas lejanas. Según mi abuelo, los primos lejanos siguen siendo primos. Si alguien tiene nuestra sangre, somos familia.

Después de leer las cartas del abuelo, me interesé aún más en lo que estaba sucediendo en la Isla. Entonces, Esperanza se convirtió en mi hilo conductor. Nuestra comunicación me brindaba la oportunidad para practicar mi español. Ella había trabajado para la compañía eléctrica durante años. En el primer semestre del año 2021, después de que el número de casos de COVID se disparara en

Cuba, solo el personal esencial se quedó en las oficinas, y ella comenzó a trabajar algunas horas desde su casa. Estaba cansada de estar dentro de su apartamento y solo salir para hacer colas. Esperanza se levantaba muy temprano y se ponía en cola desde las cinco hasta pasado el mediodía, solo para descubrir que ya se había agotado todo lo que había llegado a las tiendas ese día.

El miércoles de la última semana de octubre, me escribió: —Estuve en cola durante varias horas cada uno de los últimos tres días y no he podido comprar nada. ¡Estoy tan cansada!

Tenía unos cuarenta años y cuidaba a su abuelo. Me di cuenta de que necesitaba ayuda, por lo que busqué una compañía mediante la cual pudiera enviarle alimentos. Era caro el servicio, y no era algo que pudiera hacer todos los días, pero ella estaba muy agradecida cuando le dije lo que le había ordenado con entrega a su casa: treinta huevos, dos libras de pollo, dos libras de cerdo y unas pocas libras de frijoles. Necesitaba leche, no para ella, sino para su abuelo. No pude encontrarla en el sitio *web* que usé. En lugar de leche, le compré dos libras de queso. El ayudarla me hizo sentir mejor con respecto a mi propia situación.

Las cosas siempre podrían ser peores, mucho peores.

En la segunda semana de octubre, decidí escribirle una carta a Paulo. Habían pasado varias semanas desde mi última comunicación con él. Me imaginé a mi prima Marta en su cama y a Paulo besándola de la manera en que me besaba. Pensé en llamar a mi prima para ver cómo estaban las cosas y tal vez conocer más sobre lo que pudiera estar pasando entre ella y Paulo. Durante mis vacaciones, le había permitido quedarse en el apartamento por una noche porque la culpa me consumía. Como decía mi abuelo, ella era familia. Durante su visita, Maggie me dio miradas fulminantes cuando mi prima continuó hablando de lo guapo que era Paulo. No es que fuera realmente tan guapo, pero exudaba hombría y fuerza. Eso era lo que a las dos nos gustaba de él. Debería haberle dicho: —¡Retrocede! Paulo me pertenece.

Pero no lo hice.

Llegué a la conclusión de que, si tenía alguna oportunidad de volver a formar parte de su vida, necesitaba hacer algo. Un viernes por la tarde, después de llegar a casa, busqué una libreta amarilla y comencé a escribir:

15 de octubre de 2021

Querido Paulo,

Quiero disculparme por la forma en que actué, coma una niña mimada. Realmente lo siento. No te merecías eso.

Hice algo que debería haber hecho desde el principio. Hablé con mi mamá sobre nosotros. Quería entender por qué te había tratado de la manera en que lo hizo. Debido a mis sospechas, antes de hablar con ella, hice que un laboratorio analizara mi ADN. Le mostré que mis resultados revelaban que, aunque yo era de ascendencia predominantemente española, también tenía cerca de un 20% de raíces indocubanas y africanas. Su reacción dejó las cosas claras. Estaba enojada con mi padre por no contarle sobre su ascendencia. No la culpo. Sus valores se transmitieron de generación en generación.

Primero, su excusa fue que no le gustaban tus "antecedentes" y luego que tal vez eras socialista. Mi ADN descartó el primer problema. Si ella te rechaza por las razones que creo que lo hace, tendría que rechazarnos a mi padre y a mí. Su expresión me demostró que no estaba dispuesta a hacer eso. Parecía confundida y molesta cuando mi padre le confirmó que mis resultados reflejaban la realidad. Sobre sus preocupaciones de que podrías ser socialista, dije la verdad. Le dije que eres más capitalista que nosotros, que construiste tu propio negocio, contrataste hombres y contribuiste, en gran medida, a la economía de este país. Cuando no tuvo nada que decir, corrió a su habitación. No quería lastimarla. Ella ha sido una gran madre que, como cualquier ser humano, cometió errores.

Mi padre y mi abuelo te admiran. Mi padre no había dicho nada hasta el día de mi discusión con mi mamá. Papá expresó su remordimiento por haber guardado silencio.

He visitado la casa de mis padres después de la discusión, pero mi madre ha estado muy ocupada preparando la fiesta de Navidad. No ha dicho nada más al respecto, aparte de preguntarme por ti. —¿Están los dos juntos de nuevo? —me preguntó. Le dije que no, que me parecía que había destruido mi oportunidad contigo. Ella se disculpó. Ve cómo me siento y desea poder hacer algo.

Este es mi último intento de tratar de recuperar tu amor. Si no respondes, lo entenderé. Merezco tu silencio. El año pasado, me habías pedido que me casara contigo. Dije que no estaba lista. Ahora lo estoy. Si quieres que vayamos a la corte y nos casemos allí, nosotros dos solamente, lo haré. Siempre te he amado. Eso nunca cambió, ni siquiera cuando rompí contigo porque pensé que no era justo someterte al constante rechazo de mi madre. Me equivoqué al no luchar por ti entonces, pero aprendí mi lección.

Anhelo tus abrazos y tus besos. Extraño quedarme dormida entre tus brazos mientras mis padres pensaban que estaba en mi apartamento. Extraño ser tu mujer.

Abrazos y besos,

Lena

Capítulo 27

Día de Acción de Gracias

Mis padres, mi abuelo, tía Rita, y yo tuvimos una pequeña celebración del Día de Acción de Gracias en la casa de mis padres. Sirvieron nuestra comida tradicional: frijoles negros, arroz blanco, pavo relleno con picadillo (carne molida al estilo cubano), plátanos maduros fritos, tostones para mi abuelo, quien prefería la versión verde de los plátanos, y una ensalada con muchos tomates y aguacate. Después de tomarnos de las manos y agradecerle a Dios por nuestras bendiciones, me serví muy poco arroz, como de costumbre, con pocos frijoles negros y pavo; todo con moderación.

—Si sigues comiendo así, no vas a llegar a la Navidad —dijo mi abuelo mientras se servía el doble de la cantidad que tenía en mi plato.

—Estoy ahorrando espacio para los trozos de papaya.

—No es papaya. Es fruta bomba. Llámalo por el nombre correcto —me recordó tía Rita—. Si alguna vez yo hubiera usado esa palabra en Cuba, mi madre me hubiera abofeteado.

—Tía Rita, no estamos en Cuba. Aquí es solo una fruta.

En Cuba, la "papaya" se usaba en el lenguaje callejero para referirse a los genitales femeninos.

—Entonces, ¿cómo vienen las celebraciones navideñas?

—Con mucho trabajo. Algunos amigos de nuestros trabajos también vienen —dijo mami.

—¿Cuántas personas vas a meter en la casa? —preguntó tía Rita—. La pandemia no ha desaparecido. Me alegra que, al igual que mi hermano, me puse la tercera dosis de la vacuna. Si el resto de ustedes se mueren, ¡no me digan que no les advertí!

—Son solo un par de amigos que no tienen familia aquí. Y cambiando de tema, Lena, ¿y nuestra prima recibió el último paquete de comida que le enviaste?

—Sí, Mami. Olvidé decirles que ella nos lo agradeció a todos. Le dije que era un regalo de la familia. También me envió una carta a través de *Messenger.*

—Ahora que has terminado de comer, ¿puedes leerla? —dijo mamá luego de un largo silencio, y se sirvió más pavo de un plato grande localizado cerca de ella.

—Pero primero quiero comer postre —protesté.

—No, hasta que todos terminen con su cena —respondió mamá.

Consulté mi *iPhone*, seleccioné la aplicación de *Facebook* y busqué la carta de mi prima en Messenger. La encontré y comencé a leerla:

Lena, el repartidor acaba de dejar la comida que me enviaste. Por favor, dale las gracias a nuestra familia de Tampa. No sé qué haríamos sin tu ayuda. Las leyes que se aprobaron recientemente no me permiten decir cosas negativas. No quiero ir a la cárcel ya que abuelo me necesita, y a su edad, le resulta imposible hacer las largas colas.

Ayer, como otras veces, me levanté temprano, me puse en cola a las 5 a.m. y no llegué al frente de la fila hasta pasado el mediodía, solo para descubrir que el aceite se había agotado. La leche en polvo vino hace unas semanas, pero se agotó. Me alegro de que me hayas enviado un poco de queso. Se lo daré al abuelo como sustituto.

Por favor, diles a todos los que conoces que oren por nosotros. Muchos de nosotros hemos recurrido a la religión por la desesperación. Sólo un milagro nos puede salvar.

Amor y besos,

Tu prima, Esperanza.

Cuando terminé de leer la carta, mamá estaba agarrando la mano de papá y secándose una lágrima. Todos permanecieron en silencio por un momento. Finalmente, mamá dijo: —Tenemos tanto que agradecer y, sin embargo, encontramos razones para ser miserables. Tenemos comida, un techo sobre nuestras cabezas, libertad y vida. Cuando leo cartas sobre la situación de nuestra familia en Cuba, se me parte el corazón.

Siguió otro largo silencio.

—Bueno, no más tristeza —dijo mi abuelo. —Terminé mi comida y quiero postre, no solo la papaya, como la llama Lena, sino también un pedazo de pastel de calabaza.

—¿Y tu azúcar? —preguntó tía Rita.

—¿Primero mis dos esposas, y ahora tú? ¿Ves por qué no invité a mi amiga a esta celebración?

—¿Tienes una amiga? —preguntó mi madre.

—¿Ves lo que me hiciste hacer? —Mi abuelo le preguntó a Tía Rita. Luego, dirigiéndose a mamá, agregó: —Sabía que me mirarías de la manera en que me estás mirando en este momento. Ella es solo una amiga. Nos contactamos a través de *Facebook*. En Cuba vivíamos en el mismo barrio.

—¡Invítala a la fiesta de Navidad! —dijo mi madre.

—¿Más gente? —protestó tía Rita.

Todos nos reímos.

Al final de nuestra comida, mis padres comenzaron a escuchar música cubana antigua en su tocador de *CDs* y bailaron juntos.

—Recuerdo cuando yo bailaba antes —dijo mi abuelo—. Yo sí que era tremendo bailarín

—¿Estás diciendo que no sé bailar? —dijo mami.

—No dije eso. Deja de poner palabras en mi boca.

En el momento en que ella se dio la vuelta, él me susurró: —No tienen ni idea de cómo bailar.

Nunca dejaba de hacerme reír. Mientras mis padres bailaban, pensé en Paulo. Habían pasado semanas desde la última vez que nos vimos, y no había respondido a mi carta.

Ahora sabía que lo había perdido.

Capítulo 28

Preparativos de Navidad

Estábamos a solo una semana de la fiesta, y la casa de mis padres estaba repleta de decoraciones coloridas, incluyendo un alto árbol de Navidad en la sala, lleno de regalos a su alrededor, uno para cada persona que venía.

Disfrutaba visitando a mis padres durante la temporada navideña. Siempre había muchas actividades y la casa estaba llena de vida. Mamá no podía evitarlo. Algunas personas preferían *Halloween*, otras el Día de Acción de Gracias, y ella, la Navidad.

Yo estaba sentada en el sofá y papá en el sillón reclinable tratando de ver y escuchar el canal de deportes a bajo volumen. Mamá colocó un regalo más debajo del árbol y luego se sentó a mi lado.

—¿Por qué no pudimos hacer uno de esos juegos navideños? —preguntó papá—. ¿Sabes cuánto dinero hemos gastado esta Navidad? ¿Crees que estamos hechos de dinero? No olvides que te casaste con un refugiado cubano.

—Usé los puntos de las tarjetas de crédito para obtener tarjetas de regalo de *Starbucks* de $10 cada una. Eso es lo que voy a darles a casi todos. Compré una colonia para papá y algunas otras cositas. Nada extravagante —respondió mamá.

—¡La factura de la tarjeta de crédito dice lo contrario!

—Deja de pelear —le dije, examinando los regalos desde lejos para adivinar cuál era el mío—. Entonces, ¿qué me compraste?

—¿Qué te compramos? Estás demasiado grande para regalos —dijo mi padre burlonamente.

Sonreí.

—Está bien, papá. No me lo digas. Así que mami, ¿qué estás sirviendo para la Navidad?

—Va a ser una cena deliciosa. Carne de puerco asada, moros, plátanos, ensalada de aguacate, yuca y jamón —dijo mi madre.

—Luego, por supuesto, todos los postres, incluso un *cake* —agregó mi padre. Mi madre lo miró y abrió mucho los ojos—. ¡Y casi se me olvida! Tu mamá no pensó que tuviésemos suficiente gente viniendo a la fiesta e invitó al sacerdote.

—¿Al sacerdote? —pregunté.

—¿Qué hay de malo con invitarlo? Dios sabe que necesitamos todas las bendiciones que podamos obtener. Además, tu pobre abuelo piensa que esta es su última Navidad —dijo mamá.

—Así que está haciendo que un sacerdote le administre los santos óleos a su padre durante la Navidad. ¡Solo tu mamá piensa en hacer algo así!

Moví la cabeza de un lado al otro. —Ustedes siempre están peleando.

—Ella quiere que se me caiga el poco pelo que me queda —dijo mi padre.

—Mi amor, sé que me adoras. Deja de actuar como si no fuese así. Y antes de que se me olvide, Lena, quiero hacer que esta Navidad sea extra especial para tu abuelo. Ambas deberíamos usar vestidos largos.

—Mami, ¿quién usa vestidos largos en Navidad? No estaremos asistiendo a una gala.

—Quiero que el fotógrafo nos tire buenas fotos de nosotras dos con tu abuelo. Serán un buen recuerdo cuando ya no esté con nosotras.

Papá cerró el sillón reclinable y se puso de pie. Luego se cruzó de brazos.

—¿Contrataste a un fotógrafo para una fiesta de Navidad? Lena, por favor llama al 911. Tu madre necesita ser llevada a un hospital psiquiátrico. ¡Ha perdido la cabeza!

—Quiero darle a mi padre una elegante fiesta de Navidad. Él piensa que será la última.

—¡Será mi última Navidad al ritmo que tú vas! —respondió mi padre.

—Siéntate y sigue mirando lo que sea que estés viendo y déjame hablar con mi hija —dijo mamá. Luego, volviéndose hacia mí, agregó: —Entonces, cariño, como estaba diciendo, usemos vestidos largos para complacer a tu abuelo. Por favor, hazlo por él. Quiero que tu abuelo tenga una noche especial. Me dijo que traería su guitarra y quiere deleitarnos con música cubana para la familia.

—Solamente la familia Pérez es capaz de crear la Navidad más extraña de la historia del mundo. Lena, también debes traer una botella de vino. Tú y yo lo necesitaremos para poder sobrevivir a la fiesta navideña que será el resultado de las pesadillas de tu madre.

—Será una bonita celebración —dijo mamá dando pequeños aplausos.

—Si Maylin se levantara de su tumba y viniera a nuestra fiesta de Navidad, tendría un ataque al corazón allí mismo y moriría de nuevo. Te lo garantizo.

Me reía observando sus interacciones y me pregunté cómo se sentiría tener lo que ellos tenían.

No importaba lo que papá dijera. Su expresión reflejaba cuánto amaba a mamá. Me dijo que él no sería quien era sin ella.

Y en ese momento, me sentí bendecida de tenerlos a ambos en mi vida.

Capítulo 29

Día de Navidad

Era casi la hora de la fiesta, y mamá estaba firmando un par de tarjetas en la mesa del comedor.

Papá, quien fue responsable de preparar el patio para la fiesta, lo dejó todo muy lindo y acogedor. Colocó dos mesas redondas que acomodaban a diez personas cada una a cada lado de un área cementada. Las mesas tenían exquisitos centros de mesa navideños sobre manteles de lino blanco que llegaban hasta el verde césped recién cortado. Las sillas, también cubiertas de lino blanco, parecían más apropiadas para un evento formal que para una reunión familiar.

Papá recostó la guitarra de mi abuelo en su soporte de metal, localizado en el área cementada entre las dos mesas. También instaló un podio y cables para los micrófonos. Música navideña emergía de los altavoces. Detrás de la guitarra y del podio, mis padres colocaron dos largas mesas con los calentadores para la comida, el postre y un *cake* de tres niveles.

Mamá se veía hermosa con su largo vestido azul. Para complacerla, usé uno rojo, también largo. Me sentía ridícula, pero quería que mi abuelo tuviera una celebración especial. Me sorprendió ver a mi padre con un traje. Dijo que mi mamá quería que se vistiera así y no quería elevar su presión arterial más de lo que ya estaba.

Cada rincón de la casa exudaba el espíritu navideño. Muñecos de nieve, renos, múltiples Papá Noel y trineos esparcidos por toda la casa, en una variedad festiva de colores rojos, verdes y blancos, me llenaban de alegría.

El timbre de la puerta sonó alrededor de las 4 p.m. cuando mis padres estaban en el patio ultimando los detalles finales, por lo que fui a abrir la puerta. Al abrir, vi a tío Julio, su esposa y toda su familia, todos bien vestidos con elegantes atuendos navideños. Lo acompañaban sus cinco hijos y sus respectivas parejas, así como cuatro pequeños que no reconocía: dos niñas y dos niños.

—Tío Julio, familia, ¡estoy tan contenta de que hayan venido! Por favor, entren —dije abrazando y besando a cada uno de ellos mientras entraban a la casa.

Les pedí que se sentaran. Mis padres tenían suficiente espacio en la sala y el comedor formal para veinte personas. Papá había instalado la extensión de la mesa del comedor, de madera de fresno, para que pudiera acomodar a diez personas. Los hijos de Julio y sus parejas se sentaron allí, y los cuatro nietos, en la sala con sus abuelos. Las dos niñas, con lindos vestidos navideños y lazos en el cabello, notaron el piano de mamá y corrieron hacia él. Se sentaron una al lado de la otra en el banquito y comenzaron a tocar las teclas. Me encantó verlas en frente del piano decorado.

Mami había aprendido a tocar de oído cuando era niña. Pagó clases de piano para mí, pero nunca pude replicar su talento y me frustré con las lecciones.

—Niñas, vengan a sentarse a mi lado. No toquen el piano —dijo mi tío. Julio era más alto y delgado que mi padre y muy guapo, con una cara cuadrada, bíceps gruesos y una cabellera abundante que se había vuelto gris con el paso del tiempo. Pude darme cuenta de por qué tenía tantos hijos de diferentes mujeres.

—Déjalas que jueguen. No te preocupes por eso —le dije—. Tío Julio, reconozco a todos, excepto a los niños y a mi nueva prima.

Sus hijos comenzaron a reírse.

Julio, Jr., el único hijo de Julio con Maritza, la esposa cubana de mi tío, dijo: —Lena, esta es mi medio hermana, Adaku —. Señaló hacia la hermosa muchacha afroamericana.

—Lo que significa 'hija nacida en la riqueza' —dijo Adaku. Se puso de pie y me extendió la mano.

—Aquí nadie se da la mano. Los cubanos nos damos abrazos y besos. Además, somos familia. Ya te di un abrazo, pero aquí va otro.

Con una bella sonrisa reflejada en su rostro, me permitió abrazarla.

—Y este es mi esposo, Thomas. Sé lo que debes estar pensando. ¿Cómo puede esta mujer negra ser la hija de mi tío?

—No, no pienso eso en absoluto. Tienes sus ojos color marrón claro y algunos de sus rasgos faciales. Definitivamente, veo el parecido. Tu papá tiene buenos genes porque todos ustedes se ven bellos.

Todos sonrieron.

—¿Puedo traerles algo para beber? —pregunté.

—No, esperemos a que llegue el resto de la familia —sugirió mi tío.

—Bueno, déjame ir al patio y decirles a mis padres que están aquí. No creo que hayan escuchado la puerta.

Me apresuré hacia el patio.

—Mami, Julio y su familia están aquí. ¿Sabías que tenía cuatro nietos, dos hembritas y dos varoncitos?

—No, nunca dijo nada.

—Debe haberte dicho algo —le dije.

—¡No, nunca! —protestó mamá.

—¿Cuatro invitados más? —dijo mi padre.

—No tengo regalos para ellos —añadió mamá—. Ay, Dios mío. ¿Qué voy a hacer? Alberto, tienes que correr a la tienda a comprar cuatro juguetes, dos para las niñas y dos para los varoncitos.

—¡Es el día de Navidad! ¿Estás loca? ¡No hay nada abierto! ¿Tienes algunos osos de cuando Lena estaba creciendo, o se los llevó todos para su casa?

—Es posible que tenga un par aquí —dijo—. Puedo poner algún dinero en sobres para los niños.

—¿Le piensas dar osos de peluche viejos a los nietos de Julio para la Navidad? —pregunté.

—¿Qué quieres que hagamos? De todos modos, apenas jugaste con ellos. Los tenías como decoración —dijo mamá.

—Lo que sea, pero date prisa. Papá, ¿puedes venir a saludarlos? Me parece que acabo de oír la campana de la puerta de nuevo. Voy a abrir.

Era la hija de Maylin con su esposo, sus dos hijas y sus novios. Momentos después, llegaron mi abuelo y tía Rita; luego, mi prima Marta y sus padres, los compañeros de trabajo de mis padres, mi amiga Maggie con su nuevo novio y finalmente, el sacerdote. Cuando vi a mi prima Marta, le pregunté: —¿Has visto a Paulo últimamente?

—Lo siento. No lo he visto —respondió, pero esta vez, no mostró una expresión coqueta como otras veces.

Mi padre trasladó a todos los invitados al patio y les pidió que se sentaran.

—Probando, uno, dos, tres... Probando uno, dos, tres. —dijo, hablando por el micrófono—. ¿Todos pueden escucharme?

—Sí, respondieron algunos miembros de la familia.

—Mi encantadora esposa quiere hacer una introducción.

Todos permanecieron en silencio y miraron a mamá.

—Me gustaría agradecerles a todos por acompañarnos hoy. Es tan lindo ver a la familia unida, casi dos años después de que comenzara la pandemia. Papá quería vernos a todos juntos de nuevo, y me alegra que podamos hacer realidad sus deseos. Antes de servir la cena, me gustaría que el Padre Rogelio bendijera esta reunión y nuestros alimentos. Después de eso, tendremos un anuncio especial.

El padre Rogelio tomó el micrófono, bendijo la reunión y la cena, y le devolvió el micrófono a mi mamá.

—Esta Navidad será una para recordar —dijo mamá—. Tenemos mucho que agradecer, pero también tenemos una sorpresa. Alguien que es muy querido por nuestra familia está aquí para cantarle, en español, una canción a nuestra hija.

Lena, nos habías preguntado cuál era tu regalo de Navidad este año, y aquí está. Paulo, ya puedes salir.

Mi corazón comenzó a latir más rápido en el momento en que lo vi vestido con un esmoquin negro. ¿Qué estaba haciendo aquí? Me cubrí la boca con las manos, mientras todas las miradas se dirigieron hacia Paulo y a mí. Paulo caminó hacia el podio y tomó el micrófono, mientras una gran sonrisa adornaba su expresión.

Parecía una estrella de cine, desde su paso asertivo y seguro hasta esos ojos que yo adoraba.

—Hola a todos —dijo—. Antes de hacer el anuncio, me gustaría cantarle una canción a Lena, una canción que transmite cómo me siento, cómo siempre me he sentido por ella. Me gustaría agradecerle a su abuelo por enseñarme la letra. Llevamos varios días trabajando en esta actuación. Él tocará la guitarra. Señor, ¿me puede hacer el gran honor?

Mi abuelo caminó hacia Paulo reluciente de alegría y agarró su guitarra. Mi padre le trajo una silla y le acomodó un micrófono portátil en su corbata.

—Esto es para ti, Lena —dijo Paulo.

Luego comenzó a cantar la canción de amor *Bésame mucho.*

Cuando escuché la letra, *—Bésame, bésame mucho, como si fuera esta noche la última vez. Bésame, bésame mucho, que tengo miedo de quererte y perderte después* —mis ojos se llenaron de lágrimas, y antes de que pudiera evitarlo, mis emociones se deslizaron por mi rostro. Cuando Paulo notó mi rostro enrojecido, me extendió sus brazos y caminé hacia él. No pudo terminar la canción porque nos perdimos en un abrazo largamente esperado, mientras mi abuelo se secaba una lágrima.

Como si no hubiera recibido suficientes sorpresas por un día, Paulo se arrodilló frente a mí y me tomó una mano. Todos se pusieron de pie y aplaudieron cuando lo vieron. En su mano, noté el anillo.

—Lena, ¿te casarías conmigo hoy?

—¿Hoy?

Miré a mis padres. Ambos estaban abrazados y tomados de la mano.

—¿Y ustedes lo sabían? —Le pregunté a mi mamá.

Ella asintió con una sonrisa y se secó las lágrimas que habían logrado escapar de sus ojos.

—Bueno, ¿me aceptarás como tu esposo? Si me aceptas, prometo amarte y cuidarte por el resto de mi vida.

—¡Sí! ¡Sí! Dios mío. ¡No lo puedo creer! ¡No puedo creerlo!

Se puso de pie, me abrazó y me besó los labios. Momentos después, de entre la multitud, un hombre que no reconocí emergió y caminó hacia nosotros. Llevaba un traje, tenía canas y las profundas arrugas de alguien que había sufrido demasiado.

—Lena, este es mi padre, Christiano Oliviera.

Los miré a ambos, perpleja.

—Pero ¿cómo?

—Te lo explicaré en breve.

Le di un abrazo a su padre y papi trajo otra silla para que pudiera sentarse junto a mi abuelo.

El sacerdote volvió a acercarse al podio.

—Por cierto, Paulo, nunca dije que pudieras besar a la novia —dijo el sacerdote.

Con una sonrisa, Paulo se disculpó. El Padre Rogelio volvió a tomar el micrófono y comenzó nuestra ceremonia de boda.

El sacerdote recitó algunos versículos de la Biblia y luego dijo que Paulo había escrito una carta que quería leerme. Mi prometido desplegó un par de páginas que traía en el bolsillo de su pantalón, conectó a su solapa el micrófono que mi abuelo le entregó y comenzó a leer:

Querida Lena,

Han pasado tantas cosas desde que recibí su carta hace más de dos meses que decidí reducir estos eventos a una carta. Con suerte, esta será la segunda y última carta entre *nosotros;* dos *cartas* que *nuestros hijos podrán leer cuando ninguno de nosotros esté aquí.*

Poco después de que me llegara la tuya, recibí una *llamada de un amigo de la infancia que había crecido conmigo en la favela.*

—Tu padre ha sido capturado como rehén por pandillas callejeras. Están pidiendo $50,000 por él. Tienes que regresar a Brasil de inmediato.

No tuve más remedio que hablar con tu abuelo y tu papá y explicarles lo que estaba pasando. Me aconsejaron que no retornara debido a la situación actual. Mucho crimen y pandillas por doquier. Pero no tenía otra opción, no cuando se trataba de la vida de mi padre. Tu abuelo y tu papá me prometieron que me ayudaran con mi negocio durante mi ausencia.

A mi llegada a Sao Paulo, contraté a un grupo de guardias de seguridad armados y comenzamos la *búsqueda de* mi *padre. Ya había perdido a mi hermano por la violencia de las pandillas y no estaba dispuesto a perder a papá también. El líder de la pandilla me había pedido que trajera el dinero conmigo, pero sabía que, si lo hubiese hecho, se hubiese quedado con el dinero y nos hubiera matado a mi padre y a mí. Era preciso impedir que la pandilla llegara al dinero antes de que yo recuperara a mi padre, pero eso también significaba arriesgar mi vida.*

Finalmente, pude encontrar a papá y con la ayuda de la Embajada de los Estados Unidos en Sao Paulo, logré sacarlo de Brasil con una visa temporal. Mi abogado cree que tenemos un buen caso dado que devolver a mi padre a Brasil sería una sentencia de muerte para él.

Mientras estaba en Brasil, caminando por callejones oscuros en busca de mi padre, pensando que no viviría para contar mi historia, el pensar en ti iluminó mi camino. Debes saber que, si el mundo terminara de aquí a un mes, moriría feliz si pudiera pasar los últimos días de mi vida contigo. Eres mi cielo azul. Te amo, Lena.

Después de mi regreso a los Estados Unidos, supe lo que tenía que hacer. Y hoy, de pie frente a ustedes, después de mirar la muerte en el rostro nuevamente, puedo decirles con toda seguridad que solo tú le das sentido a mi vida.

Al comenzar esta nueva vida junto a ti, te prometo criar a nuestra familia respetando las tradiciones de nuestros dos padres. Nuestros hijos serán cubanos, brasileños y norteamericanos. Aprenderán de nuestras familias lo que es posible a través del amor y el trabajo. Este es mi compromiso con ustedes.

No soy un hombre con una educación universitaria, pero trabajaré duro para ti y nuestra familia; para darles las vidas que se merecen.

Tuyo siempre,

Paulo

Cuando miré alrededor, noté lágrimas de felicidad. Mi mamá tenía razón. Esta sería la Navidad más memorable de nuestras vidas. Antes de que tuviera la oportunidad de decir algo, el sacerdote comenzó a hablar de nuevo, pero le dije que yo también tenía algunas palabras que decir. Las palabras brotaron de mis labios como si las hubiera ensayado. Yo misma no podía creerlo.

—Mi amor, frente a Dios, a mi familia y aquellos que espero que nos estén mirando desde el cielo: tu mamá, mi abuela Matilda, tu hermano y mi Nana Maylin, me comprometo a amarte y a nunca permitir que nada ni nadie nos separe. Prometo luchar por ti con todo mi ser y cuidarte hasta el último día de mi vida. De las cartas de mi abuelo aprendí a seguir al corazón, el cual tiene una forma extraña de decirnos dónde nos espera la felicidad.

La alegría irradiaba de los ojos de Paulo y los míos. Entonces, tomados de la mano y mirándonos a los ojos, escuchamos las palabras del sacerdote.

—Usted, Paulo Oliveira, ¿toma a Lena Pérez como su esposa, para amarla y cuidarla desde este día en adelante, en las alegrías y en las penas, en la salud y en la enfermedad, por el resto de sus días?

—Sí.

—Usted, Lena Pérez, ¿toma a Paulo Oliveira como esposo, para amarlo y cuidarlo desde este día en adelante, en las alegrías y en las penas, en la salud y en la enfermedad, por el resto de sus días?

—Sí.

—Por el poder que me ha conferido la Iglesia Católica, los declaro marido y mujer. Puede besar a la novia.

***

Las cartas son como gotitas de vida, fotografías de momentos que no volverán.

Cartas, poemas y recuerdos de Cuba

Becky Lima

Becky tenía nueve años en 1961, cuando su mamá las envió a ella y a su hermana solas a los Estados Unidos a través de la Operación Pedro Pan. Becky llevaba este guante. Perdió el otro en el avión que la llevaría a los Estados Unidos. En su pequeño bolso, su madre había colocado los artículos que se muestran en las siguientes páginas. La nota en la estampa religiosa en la página siguiente dice:

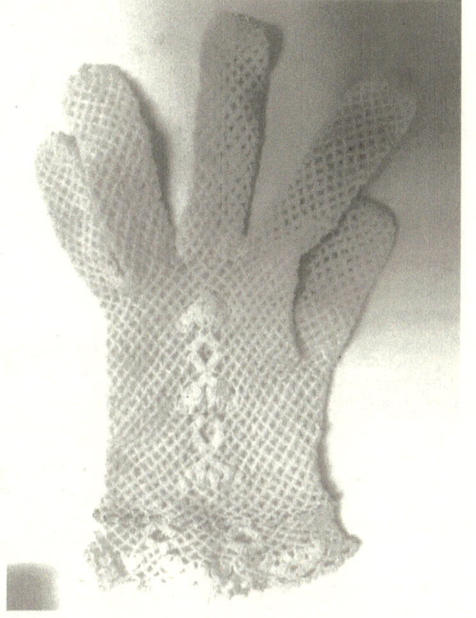

Mi Bequita preciosa, mira bien a Jesús, qué lindo, para que te cuide mucho. Mira su carita, así eras, de veras, te parecías mucho a esa preciosa carita. Es lindísimo, ¿verdad?

Mi Bequita presiosa mira
bien a Jesus, que lindo
para que te cuide mucho
mira su carita, asi eras tu
deveras, te parecias mucho
a esa presiosa carita;
Es lindisimo verdad.

01130 Copyright 1938 N. G. Basevi

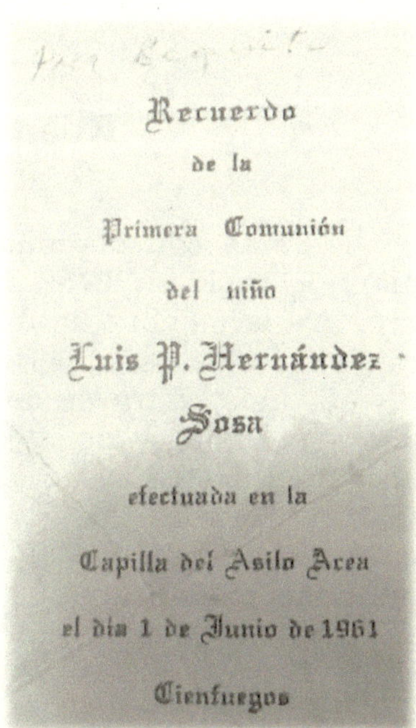

Recuerdo
de la
Primera Comunión
del niño
Luis P. Hernández
Sosa
efectuada en la
Capilla del Asilo Arca
el día 1 de Junio de 1961
Cienfuegos

Recuerdos de la primera comunión de Becky el 1 de junio de 1961

Los Padres Franciscanos de la Comisaría de Tierra Santa en Cuba, le desean a Ud. y a su familia

UNAS FELICISIMAS PASCUAS DE NAVIDAD Y UN PROSPERO AÑO DE 1960

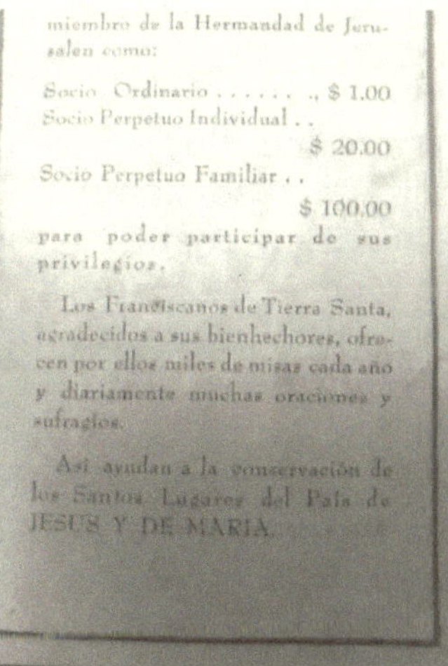

miembro de la Hermandad de Jerusalen como:

Socio Ordinario . . . ., $ 1.00
Socio Perpetuo Individual . . $ 20.00
Socio Perpetuo Familiar . . $ 100.00

para poder participar de sus privilegios.

Los Franciscanos de Tierra Santa, agradecidos a sus bienhechores, ofrecen por ellos miles de misas cada año y diariamente muchas oraciones y sufragios.

Así ayudan a la conservación de los Santos Lugares del País de JESUS Y DE MARIA.

Sello religioso navideño de la iglesia a la familia de Becky en 1960

Rosa María Llerena

Estas son algunas de las postales que su hermano le envió en 1962 dentro de las cartas de su madre. Era la menor y la única niña de cuatro hermanos. Ella vino a los Estados Unidos el 21 de mayo de 1962, a los 13 años, a través de la Operación Pedro Pan y se alojó en el hogar de acogida Nuestra Señora de Lourdes Nogales, en Arizona. Su hermano mayor, José, tuvo que quedarse en Cuba con sus padres. Al fin, pudo salir de la isla el 28 de febrero de 1965, por España. Sin embargo, durante los años que pasaron separados los hermanos, José siempre le enviaba postales a su hermana, para que pudiera sentir el amor de su familia a pesar de la distancia.

Foto de Rosa María y su hermano mayor

Hoy, en 2021, Rosa —de unos 70 años— vive en un condominio en *Hollandale Beach* junto a su hermano José. Sus otros hermanos han muerto. Ella siente que la vida o el destino siempre ha tenido una manera de mantenerlos a su hermano y a ella juntos, a pesar de todo.

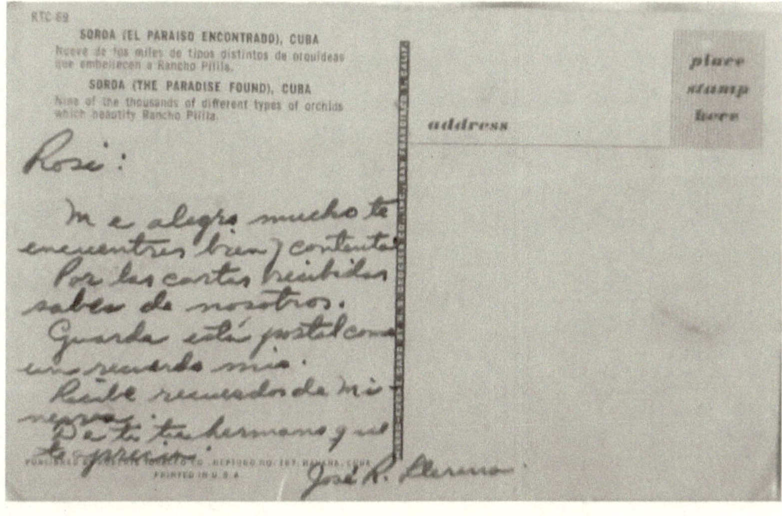

RTC-69

SORDA (EL PARAISO ENCONTRADO), CUBA

Nueve de los miles de tipos distintos de orquideas que embellecen a Rancho Pilila.

SORDA (THE PARADISE FOUND), CUBA

Nine of the thousands of different types of orchids which beautify Rancho Pilila.

Rosi:

Me alegra mucho te encuentres bien y contenta. Por las cartas recibidas sabes de nosotros. Guarda esta postal como un recuerdo mío. Recibe recuerdos de mi negra. De tu hermano que te aprecia.

José R. Llerena

PRINTED IN U.S.A.

address

place stamp here

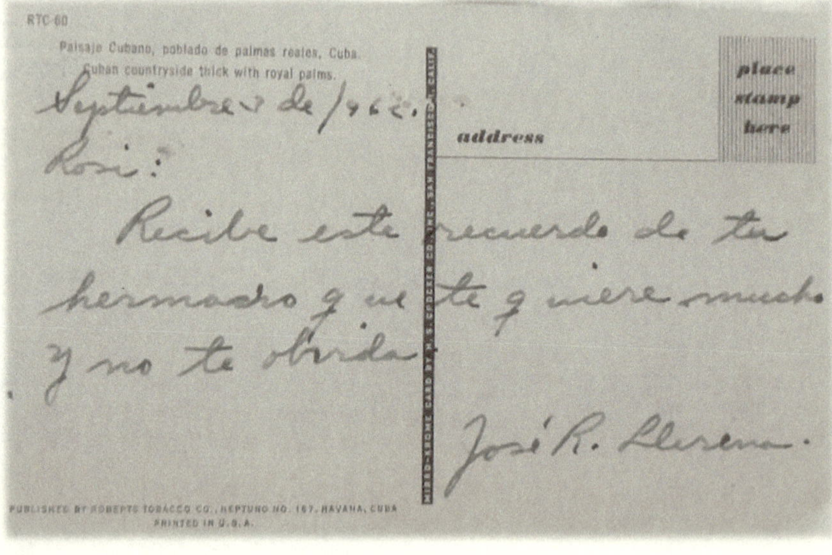

RTC-60

Paisaje Cubano, poblado de palmas reales, Cuba.
Cuban countryside thick with royal palms.

Septiembre 3 de 1962.

Rosi:

Recibe este recuerdo de tu hermano que te quiere mucho y no te olvida.

José R. Llerena.

MIRRO-KROME CARD BY H. S. CROCKER CO., INC., SAN FRANCISCO, CALIF.

address

place stamp here

PUBLISHED BY ROBERTS TOBACCO CO., NEPTUNO NO. 167, HAVANA, CUBA
PRINTED IN U.S.A.

Jane Marie Haney (alias Juana María Aragón-Rodríguez).

This letter is from Juana Maria Aragon's mother:

MAR 17 1964 RECEIVED

Sister Mary Elizabeth
Superior
Catholic Children's Home
Illinois.

Dear Sister: Some time ago a cousin of Juanita called Teresita Aragon asked me let Juanita go with her but it was as only to spend a month with them, by that time I get a letter from you explaining to me it was impossible let Juanita go unless her cousin take her. Well my dear Sister I wish tell you my niece Teresita wrote me a very nice letter asking we let her and to her husband take Juanita Maria with them and she wrote that they will be like her own parest, they love very much to my dear girl and I see my travel is very far yet that is what I wish ask you let Juanita go with them. Teresita wrote me Juanita will be the same as their little boys, and her husband will be very happy to have my girl with them; I know it's truth. So I ask you when Teresita wishes let Juanita go, I never could forget how kind you have been for her, there's no gold in all the world to pay you what you have dome with her, I hope God will let me some day go where you are to give thank you. My heart is full of love for you dear Sister, believe me, I could not forget who was sokind and sweet with my dear girl, the same happen with her housemother, teachers and all person who was near of Juanita; All my life will be remembering Sister Gilbert, Alfrida, Williams, everybody who help to Juanita in every way. You be sure I feel a little of sadness thinking of taking out her, but I wish she go with her family because she is forgetting all about her family and besides I don't know when I will go; I'm sure Teresita will care her very much, and you be sure Juanita always remember you; that's all Sister, my english is very poor I have not a lot of words to express what I feel in my heart, but know all what I tell you is truth.

Remember us in your prayer, we need it very much, and you my dear Sister receive my sincerely love. Your friend

signed: Caridad Rodrigues

La mamá de Jane falleció en febrero de 2021, y era demasiado pronto para que ella leyera sus cartas. Sin embargo, logró recuperar ésta que su mamá envió desde Cuba a la hermana Mary Elizabeth, del Hogar Católico de Niños en Illinois, el 17 de marzo de 1964, al darse cuenta de que no podría reunirse con su hija tan pronto como había pensado originalmente. En ella, le agradeció a la Iglesia Católica por todo lo que había hecho por su hija y explicó que había decidido permitir que su hija viviera con la familia, ya que temía que la niña se olvidara de ellos.

El anillo

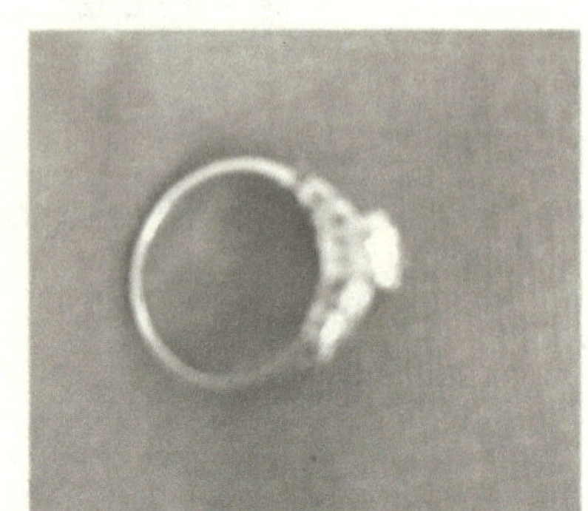

A mi abuela paterna le dieron un anillo de diamantes en su decimoquinto cumpleaños. Tuvo dos varones, por lo que después de mi nacimiento, les dijo a mis padres que cuando yo cumpliera quince años, me iba a regalar su anillo.

En enero de 1959 nuestras vidas cambiaron cuando Fidel Castro llegó al poder.

En octubre de 1961, mis padres, mis hermanas, mis abuelos maternos y yo salimos de Cuba y vinimos a los Estados Unidos. Sin embargo, mis abuelos paternos y mi tío se quedaron atrás porque mi tío había aceptado las falsas promesas de la revolución de Castro. Tenía diez años menos que mi padre y era soltero, por lo que mis abuelos no quisieron dejarlo solo.

En 1970, cumplí quince años. Mi abuela paterna les escribió una carta a mis padres explicándoles que me iba a enviar una tarjeta especial para celebrar esta ocasión. La carta decía que ella no quería que se perdiera mi "recuerdo" de cumpleaños.

Mi tarjeta llegó una semana después de mis quince. Estaba hecha en casa y tenía una pequeña sección acolchonada. Mis padres la estudiaron cuidadosamente, ya que habían leído las entre líneas de su carta anterior.

El anillo

Mi papá me advirtió que no me enojara, pero planeaba abrir la parte acolchonada de la postal.

¡Me enojé! No quería que me destruyera la tarjeta. Además, no sabía nada sobre el anillo.

Con el mayor cuidado posible, mi papá la abrió. ¡Y allí, escondido en la parte acolchonada, estaba el hermoso anillo de mi abuela!

Conchita Hicks

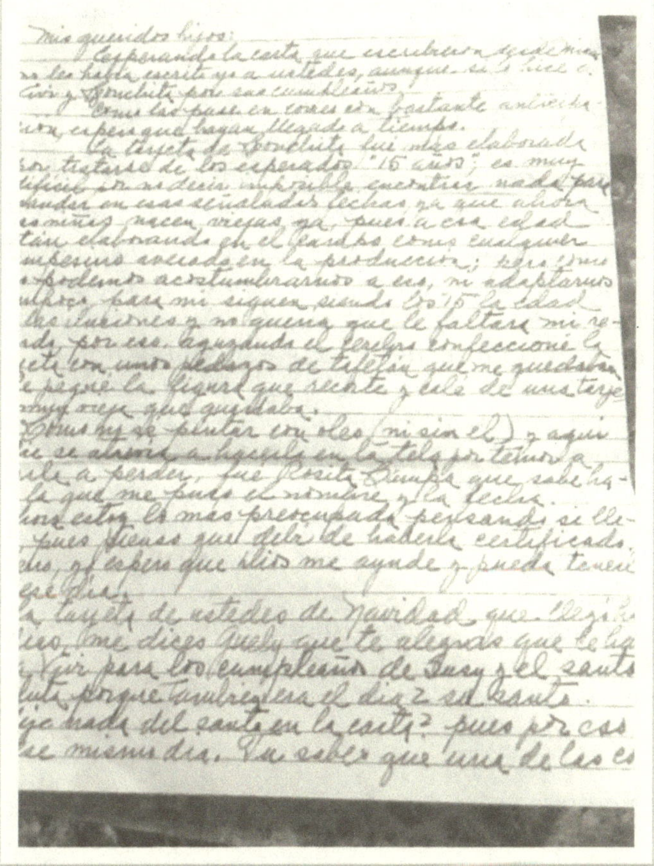

Mis queridos hijos:
Esperando la carta que escribieron [illegible] no les había escrito yo a ustedes, aunque sí le hice a Coni y Conchita por sus cumpleaños.
Como las puse en correo con bastante anticipación, espero que hayan llegado a tiempo.
La tarjeta de Conchita fue más elaborada por tratarse de los esperados "15 años"; es muy difícil por no decir imposible encontrar nada para vender en esas señaladas fechas ya que ahora las niñas nacen viejas ya, pues a esa edad están elaborando en el [illegible] como cualquier [illegible] en la producción; pero como no podemos acostumbrarnos a eso, ni adaptarnos [illegible] para mí siguen siendo los 15 la edad de las ilusiones y no quería que le faltara mi regalo, por eso aguzando el [illegible] confeccioné la tarjeta con unos pedazos de tafetán que me quedaban, le pegué la figura que recorté y calé de una tarjeta muy vieja que guardaba.
Como no sé pintar con óleo (ni sin él) y aquí [illegible] se atreve a hacerlo en la tela por temor a echarla a perder, fue Rosita [illegible] que sabe hacerla la que me puso el nombre y la fecha.
Ahora estoy lo más preocupada pensando si lle[illegible] pues pienso que debí de haberla certificado, [illegible] espero que Dios me ayude y pueda tener[illegible] ese día.
La tarjeta de ustedes de Navidad que llegó [illegible] me dices Sue que te alegraste que te [illegible] para los cumpleaños de Susy y el santo de Conchita porque también era el día 2 su santo. [illegible] nada del santo en la carta? pues por eso [illegible] ese mismo día. Tu sabes que una de las co[illegible]

Extracto de la carta.

26 de febrero de 1970

Mis queridos hijos,

Esperando la carta que escribieron desde Miami no les había escrito yo a ustedes, aunque si lo hice a Vivi y Conchita por sus cumpleaños.

Como las puse en el correo con bastante anticipación, espero que hayan llegado a tiempo.

La tarjeta de Conchita fue más elaborada por tratarse de los esperados "15 años". Es muy difícil, por no decir imposible, encontrar nada para mandar en esas señaladas fechas, ya que ahora las niñas nacen viejas, pues a esa edad están laborando en el campo como cualquier campesino avezado en la producción; pero como no podemos acostumbrarnos a eso, ni adaptarnos tampoco, para mí siguen siendo los "15" la edad de ilusiones y no quería que le faltara mi recuerdo. Por eso, aguzando el cerebro confeccioné la tarjeta con unos pedazos de tafetán que me quedaban y le pegué la figura que recorté y calé de una tarjeta muy vieja que guardaba.

Como no sé pintar con óleo (ni sin él) y aquí nadie se atreve a hacerlo en la tela por temor de echarla a perder, fue Rosita Campo, que sabe hacerlo, la que me puso el nombre y la fecha.

Ahora estoy lo más preocupada pensando si llegará, pues pienso que debí haberla certificado.

Bueno, yo espero que Dios me ayude y pueda tenerla para ese día.

Los quiero mucho a todos.

Nenita

Dr. Pastor Alayo Dalmau

El Dr. Pastor Alayo Dalmau era egresado de la Universidad de Santiago y dedicó su vida a los estudios. También escribió el único libro que contenía todas las mariposas de Cuba titulado *Atlas de las mariposas diurnas de Cuba: (Lepidóptera, Rhopalocera).* No solo fue uno de los naturalistas cubanos más trascendentales, sino que también fue el padrino del galardonado productor de documentales y guionista Manny Soto, quien presentó estas postales pintadas por este influyente maestro para su inclusión en este libro. El Dr. Pastor Alayo Dalmau murió en 2001, pero sus obras han quedado. Como las cartas, el libro que escribió el Dr. Pastor Alayo Dalmau y estas postales son gotitas de vida, recuerdos de la belleza de nuestros alrededores, que a veces no nos detenemos a contemplar.

Una carta de Ramona

El 11 de julio de 2021, el pueblo cubano, cansado de las condiciones inhumanas y de la represión dentro de Cuba, salió a las calles para exigir libertad.

Pedían libertad, la destitución del "presidente" no electo Díaz-Canel, unidad y patria y vida. Además de la falta de libertad, los cubanos tenían que esperar, durante horas, en cola para comprar lo que llegara a las tiendas, y carecían de comida, medicamentos y productos básicos de cuidado personal. Cuando iban a los hospitales, tenían que llevar sábanas y sus propios alimentos, y muchos murieron de COVID-19 sin atención médica debido a un sistema hospitalario colapsado.

La respuesta de su gobierno fue inmediata:

1. Un discurso amenazante a las 4 p.m. del domingo del 11 de julio de 2021, alentando a los "revolucionarios" a luchar contra los manifestantes
2. Eliminación temporal del *Internet*
3. El servicio de electricidad fue suspendido durante varias horas esa noche. Siempre había sido intermitente en la isla; sin embargo, con la escasez extrema y la inflación descontrolada, los cubanos temían que la poca comida que tenían en sus refrigeradores se echara a perder debido a la falta de energía. Además, los ancianos, bajo el calor insoportable de los meses de verano, ni siquiera podían encender un ventilador durante el largo apagón.

Medidas más drásticas se implantaron en los días siguientes, cuando enviaron autobuses repletos con hombres del gobierno que portaban palos y parecían haber sido entrenados profesionalmente, se desplegaron en La Habana para golpear a los manifestantes pacíficos. La policía y el ejército también iban de casa en casa en busca de los manifestantes. Policías y militares vestidos de civil fueron desplegados por toda la isla, así como los temidos "Boinas Negras", un grupo de hombres altamente entrenados.

Cientos de manifestantes desaparecieron en pocas horas.

En muchos países europeos y en los Estados Unidos, la gente salió a las calles en apoyo de los manifestantes.

Cinco días después de que comenzaran las protestas, recibí esta carta por correo electrónico de una persona de Cuba. Era el 16 de julio de 2021:

Querida Betty,

He visto tus publicaciones en Facebook y me gustan, pero todo va a seguir igual. El gobierno se sorprendió por las masivas protestas. Sin embargo, también ha aprendido una valiosa lección. A partir de ahora, se volverán más despiadados porque saben que el pueblo de Cuba no es el mismo que hace veinte años, y que debe tratarlo de manera diferente. También temen que vuelva a ocurrir otro fenómeno como el que ocurrió el día 11 de julio.

Observé que la policía está en la calle, en todas partes y algunos están vestidos de civil. Así que *les hago una pregunta: ¿Quién en Cuba va a ir a ninguna parte?*

Sabía que las aguas se nivelarían muy rápidamente y que no se lograría nada. Nos apaciguaron con un caramelo. Era como darle un premio a un perro.

Ahora los viajeros que vienen pueden traer alimentos, medicinas y otros productos. ¡Oh, qué buena es la revolución! ¡Cuán amorosos son con la gente!

Qué ratas son, y caemos en su trampa.

Betty, esta es la realidad y aquí no ha pasado nada. Repito, lo siento por los cubanos que permanecen en las calles y se manifiestan para apoyarnos. Se están emocionando y luchando por nada. En resumen, todo por aquí es lo mismo.

¡Patria y vida!

Con amor,

Ramona

Imagen de manifestaciones en apoyo al pueblo cubano residente de la isla que exige libertad. Tomada en Tampa, Florida el 11 de julio de 2021

La poeta cubana

En la noche del 9 de septiembre de 2021, recibí una carta de una poeta en Cuba. Ella había estado leyendo mis publicaciones y quería contarme sobre las condiciones dentro de la isla.

Nuestra discusión me impactó. Imaginé cómo me hubiese sentido si no pudiese expresarme libremente, si no conociera la verdadera historia de Cuba. Le escribí al día siguiente.

Ella había nacido en un pueblo de pescadores llamado Batabanó, donde mamá me llevó cuando era niña, y yo tenía buenos recuerdos de ese lugar. Mami quería que visitáramos el pueblo para escapar de la rutina diaria, y había tomado varios autobuses para llevarnos allí. Cuando llegamos, mis hermanos y yo teníamos hambre y estábamos cansados. Mami no tenía mucho dinero, por lo que se acercó a uno de los botes de los pescadores y les preguntó a los hombres que vio trabajando si podían cocinarnos pescado fresco y darnos un poco de agua. Me sorprendió su audacia, pero años después, entendería lo que una madre desesperada podía hacer.

Luego hizo lo que siempre había hecho, decirles a los pescadores que el gobierno cubano mantenía a nuestra familia (una madre y sus tres hijos), separada de mi padre, quien vivía en los Estados Unidos.

Los pescadores deben haber sentido lástima por mi madre y nos invitaron a subir en su bote. Nos hicieron arroz y pescado fresco, ¡el pescado más delicioso que había probado!

Mi encuentro con la poeta me trajo vívidamente estos recuerdos a la memoria. Ella me envió un par de poemas. Me los quiso regalar, pero le dije que los publicaría en mi próximo libro y le daría el crédito apropiado. Me permitió darle un título a uno de sus poemas, ya que no lo tenía.

Cuba exige libertad

Libertad es el derecho,
De la existencia del hombre,
Lo grito y sigo ese trecho,
Que al hombre le corresponde.

Celebración que es muy justa,
Dios nos hizo en libertad,
Me ciño y alzo mi fusta,
En honor a esa verdad.

Cuba libre y victoriosa,
Tierra y cuna de valientes,
Hoy yo te dedico en prosa,
Y verso a los inocentes,
Junto a un clavel y una rosa,
Luchar hasta con mis dientes.

Por el derecho ultrajado,
Y tanta vida perdida,
Libertad, no soy esclavo,
Mi derecho, Cuba erguida,
Qué Dios quite el mal pasado,
Cambiando mi Patria a Vida.

Al combate Bayameses,
Pinar, Matanzas, Habana,
Cienfuegos, porque mereces,
Vivir en libertad humana,
Y no como aquellas reses,
Que viven en la sabana.

Ecos de voces de antaño,
Martí, Gómez y Maceo,
Cubanos somos rebaño,
De valientes, ya lo creo,
No queremos otro año,
De Díaz-Canel puesto a dedo.

****

A ti, presidente a dedo

A ti presidente a dedo,
Que de Cuba te crees dueño,
Queriendo imponer tu credo,
Ponle fin al falso sueño.

Puesto a dedo, dime el plan,
Para un pueblo que sucumbe,
No hay leche tampoco pan,
Y otra casa está en derrumbe.

Tú y los Castros narcisistas,
Urdiendo más represión,
Y van creciendo las listas,
De presos en la prisión.

El hambre en el pueblo crece,
A ustedes, crece la panza,
Mientras cada niño carece,
De alimento y esperanza.

Ustedes en sus calesas,
Van con platillo y con bombo,
Gozando de las riquezas,
Que en este poema expongo.

Cuando el pueblo allí en sus mesas,
Solo pueden comer fongo.

Creyentes de su poder,
Reprimiendo un pueblo entero,
Su odio lo hacen valer,
Teniéndonos prisioneros,
Mas nunca podrás vencer,
A ese Jesús nazareno.

Asesinos y egoístas,
Faraones de este tiempo,
De un cruel circo, los artistas,
Ya les llegó su momento.

Poemas de Ester Reina (Nombre de pluma de una poeta que reside en Cuba).

Nota: En enero de 2022, Adita Caridad González Pérez (foto debajo), la poeta cubana con el nombre de pluma "Ester Reina", logró al fin salir de Cuba, y me ha permitido utilizar su nombre verdadero, el cual temía usar antes debido a las amenazas recibidas dentro de la isla.

Agradecimientos

Me gustaría darles las gracias a las siguientes personas y organizaciones:

A la talentosa Vilma Pérez por editar mis libros. Vilma es una persona excepcional de la que he aprendido mucho.

Susana Mueller, de *Susanabooks*, por diseñar una magnífica portada y por ser una lectora beta de este manuscrito.

Al grupo de Facebook *All Things Cuban* por brindar un importante foro para la difusión de la historia y la cultura cubana. ¡Alexander Díaz, gracias!

A mi esposo Iván, por hacer sugerencias sobre varios capítulos de este libro. Sus contribuciones han sido inestimables.

A mi suegra, Madeline, y a mi hermana Lissette, por sus contribuciones.

A todos los lectores que siguen apoyándome y compartiendo mis *posts* y a todos los clubes de lectura que han seleccionado mis libros, demasiados, para ser mencionados individualmente.

Conchita Hicks, otra lectora beta que proporcionó valiosos comentarios sobre el manuscrito.

Agradecimientos

Warhistory.com por el siguiente artículo: The 4 Month Long Battle for Support Station Ripcord (warhistoryonline.com)

Otros artículos utilizados:

Vietnam 40 years later: 101st Airborne Division veteran recalls Ripcord battle | Article | The United States Army

Cuba history.org - Special Period and Recovery

Otras obras de la autora

Las historias de Betty Viamontes han viajado el mundo, desde la galardonada novela *Esperando en la calle Zapote* hasta las novelas que aparecieron como lanzamientos No. 1 en Amazon: *La niña de Arroyo Blanco* y *Las niñas de Pedro Pan: Buscando el cierre.*

Otras obras escritas por la autora incluyen:
La Habana: El regreso de un hijo
La danza de la rosa
Los secretos de Candela y otros cuentos de La Habana

Estos libros se encuentran disponibles en inglés y en español. *Esperando en la calle Zapote* (versión en inglés) fue uno de los ganadores del premio *The Latino Books Into Movies Award* y ha sido seleccionado por un club de lectura de mujeres de las Naciones Unidas y muchos otros.

Sus obras han aparecido en varias publicaciones, incluyendo la prestigiosa revista literaria *The Mailer Review* de la Universidad del Sur de la Florida

El objetivo de Betty es asegurar que las historias del pueblo cubano no se olviden y ser una voz para sus compatriotas.

www.ingramcontent.com/pod-product-compliance
Lightning Source LLC
LaVergne TN
LVHW090952080826
845145LV00003B/985